축하받지 못하는 삶

심상율 가곡집 Ⅲ

축하받지 못하는 삶

심상율 가곡집 Ⅲ

심상율 지음

인생은 웃고 화내고 우는
끝이 없는 순환이야
인생이란 바로 그런 거야

바른북스

프롤로그 :

다시 만난 우리

다시 찾아 주셔서 감사의 인사를 전합니다. 이 책은 정규 10집 앨범부터 정규 18집 앨범까지의 가사를 수록한 세 번째 가곡집이며 각 앨범은 12곡을 수록하고 있습니다.

앨범을 만들 때 앨범명을 정하지 않고 집필합니다. 12곡을 완성해 두고 12곡의 공동주제를 찾은 후 가장 전하고 싶은 주제를 앨범명으로 채택합니다.

《사막에 비를 뿌려 – 심상율 가곡집 I》과《대문 앞에 핀 민들레 – 심상율 가곡집 II》에서 언급한 적 있듯이 저의 시에는 문장부호가 없습니다. 이는 가사를 수록할 때 문장부호를 입력할 수 없기에 시만 읽으시면 내용에 의아한 부분이 생길 수도 있습니다. 그러므로 제가 직접 낭송한 음원을 같이 들으시면 뜻을 정확하게 알 수 있고 내용의 깊은 맛을 느낄 수 있습니다. 음원은 국내와 국외의 음원 사이트에서 감상하실 수 있습니다.

이제 수록 앨범을 소개하겠습니다.

정규 10집 앨범 <Dark>입니다. 'Dark'는 '어둠'이란 뜻으로 사용했습니다. '어둠'의 뜻으로 앨범명을 정한 이유는 수록곡 모두 화자가 어둠 속에서 이야기하고 있으며 어둠에서 오는 무거운 분위기를 공통으로 나타내어 앨범명을 <Dark>로 지었습니다. 이 앨범은 가요의 성격이 강한 앨범입니다. 항상 음악이 시를 따라가지 못해 시가 빛나지 못한다는 생각이 있었기에 시를 가요 형식으로 수정하고 대중음악을 얹은 앨범입니다.

정규 11집 앨범 <Leave>입니다. 'Leave'는 '떠나다'란 뜻으로 사용했습니다. '떠나다'란 뜻으로 앨범명을 정한 이유는 수록곡 모두 어디에서 떠나는 내용을 담고 있기 때문입니다. 이 앨범은 가요의 성격과 시적 성격을 반씩 담고 있는 앨범입니다. 전 앨범인 <Dark>를 통해 가요의 성격이 짙은 앨범을 만들어 보니 가요는 가요의 매력이 있고 가곡은 가곡의 매력이 있다는 것이 느껴져 가요의 느낌이 강한 시는 가요로, 가곡의 느낌이 강한 시는 가곡으로 만든 앨범입니다.

정규 12집 앨범 <Prototype>입니다. 'Prototype'은 '원형(原型)'이란 뜻으로 사용했습니다. 이 앨범은 시를 적어 둔 공책을 정리하다가 수정하여 발매되었거나 발매되지 못한 시를 가곡으로 만들어 발매한 앨범입니다. 그래서 '이 시 어디서 본 것 같은데?' 생각이 드는 작품을 찾으실 수 있으실 겁니다. <Prototype> 앨범을 완성하고 '그래, 나는 이런 것을 잘했지.' 생각이 들었습니다. 이 앨범을 이후로 제가 좋아하면서

잘하는 것을 만들기 시작합니다.

정규 13집 앨범 <Counsel>입니다. 'Counsel'은 '조언'이란 뜻으로 사용했습니다. 이 앨범은 조언하는 작품이 많습니다. 가곡이기는 하지만 시의 성격보다는 누군가와 대화하며 조언을 듣는 듯한 느낌의 앨범입니다.

정규 14집 앨범 <Voice>입니다. 'Voice'는 '목소리'란 뜻으로 사용했습니다. 이 앨범은 조언의 성격도 있고, 시의 성격도 있고, 가요의 성격도 있지만 무슨 곡을 만들든지 나의 목소리로 만들어지고 발매된 곡은 미래로 갈 것이기 때문에, 목소리가 가장 중요하다고 생각하여 표제곡인 '나의 목소리'를 필두로 앨범명을 <Voice>로 정했습니다.

정규 15집 앨범 <Miserable>입니다. 'Miserable'은 '비참한'이란 뜻으로 사용했습니다. 이 앨범은 비참함에 대한 주제를 가진 곡이 많습니다. 삶을 살아가다 보면 비참한 일을 당할 때가 생기는데 이 비참함이란 감정은 자신이 약자일 때 발생하는 감정이라 생각했습니다. 자신이 강자거나 대등한 입장일 때는 비참할 수 없습니다. 부당한 일을 당했지만, 자신의 힘으로는 아무것도 하지 못할 때 비참함을 느낀다 생각합니다. 그 비참함을 노래한 앨범이 <Miserable>입니다.

정규 16집 앨범 <Challenge>입니다. 'Challenge'는 '도전'이란 뜻으로 사용했습니다. 이 앨범에는 도전을 주제로 한 곡이 상당수 수록되어 있고 도전을 직접적으로 말하는 곡도 두 곡 있으며 도전을 가르쳐준 사람을 생각하며 쓴 곡도 수록되어 있기에 앨범명을 <Challenge>로 정했습니다.

정규 17집 앨범 <Vestige>입니다. 'Vestige'는 '흔적'이란 뜻으로 사용했습니다. 사람은 자신도 모르는 사이에 흔적을 남긴다고 생각합니다. 가장 쉽게는 물건으로 흔적을 남길 수 있고 다녀갔던 장소에 발자국으로 남길 수 있고 누군가의 습관으로 남길 수 있고 누군가에게 풍겼던 향으로 남길 수 있고 누군가의 기억으로도 흔적을 남길 수 있다고 생각합니다. 사람은 알게 모르게 타인에게 자신의 흔적을 남긴다고 생각합니다. 그 흔적을 담은 앨범이 <Vestige>입니다.

정규 18집 앨범 <Direction>입니다. 'Direction'은 '방향'이란 뜻으로 사용했습니다. 이 앨범에는 방향에 대한 곡이 많습니다. 삶을 살아가는 데 방향이 중요하다고 생각합니다. 방향을 모르면 움직일 수 없기에 가야 할 곳을 찾지 못해 해야 할 것을 할 수 없어집니다. 이처럼 방향을 노래한 앨범이 <Direction>입니다.

목차

정규_11집 :

Leave

정규_12집 :

Prototype

정규_13집 :

Counsel

정규_14집 :

Voice

정규_15집 :

Miserable

정규_16집 :

Challenge

정규_17집 :

Vestige

정규_18집 :

Direction

#정규_10집

Dark

1. Kaamos

나를 더 혹한으로 몰아붙여 봐
추위 따윈 별것 아니니
나를 더 흑야에다 던져놔 봐
어둠 따윈 눈을 감을 뿐
칼날 같은 바람에
호수에는 유빙이 밀려와
얼음이 성을 내며 날을 세우지만
나에겐 단지 조각 예술일 뿐
하늘에서 쏟아지는 눈은
바늘같이 따갑지만
나에겐 그저 조각 얼음일 뿐
나를 더 혹한으로
몰아붙여 봐
Kaamos
Kaamos
Kaamos
Kaamos
해와 달이 공존하고

구름은 산이 되고
모든 것이 얼어붙지만
나는 그저 즐길 뿐
온통 하얀 세상에
곡물 하나 없지만
호수에 구멍을 뚫고
손으로 물고기를 잡을 뿐
나를 더 혹한으로
몰아붙여 봐
Kaamos
Kaamos
Kaamos
Kaamos
거리에는 오직
흑야와 혹한만
있을 뿐
이곳은 나만의 세상
나는 그저 이 어둠과 추위를
즐길 뿐
나를 더 혹한으로
몰아붙여 봐
Kaamos

2. LIC8

L

Laugh

I

Irate

C

Cry

8

Endless

L

웃을 일이 있을 땐

마음껏 웃는 거야

생각 없이 웃는 거야

웃을 기회는 흔치 않아

자주 오는 기회가 아니거든

아무 생각 없이 웃는 거야

I

분하고 억울할 땐
마음껏 성내는 거야
절제 없이 화내는 거야
화낼 순간도 흔치 않아
참다가는 병 생기는 거야
다 풀릴 때까지 성내는 거야

인생은 웃고 화내고 우는
끝이 없는 순환이야
인생이란 바로 그런 거야
LIC8
LIC8
LIC8

마음껏 웃어
마음껏 화내
마음껏 울어
사람이 어떻게
웃기만 하고
사람이 어떻게
성내기만 하고
사람이 어떻게

울기만 하겠어
웃을 일이 있으면
화낼 일이 있는 거고
화낼 일이 있으면
울 일도 있는 거고
울 일이 있으면
웃을 일도 있는 거지
다 그런 거지
인생은 웃고 화내고 우는
끝이 없는 순환이야
인생이란 바로 그런 거야
LIC8
LIC8
LIC8

3. 긍정 회로 고장

Positive circuit fault

너무 많은 부정이
입력되었습니다
모든 부정을 긍정으로
입력합니다
긍정 회로 고장
긍정 회로 고장
긍정 회로 고장
긍정 회로 고장

경사가 없네 경사가 없어
귀에 들리는 소리는 모두
부정이야 부정
뉴스를 틀어도 부정
폰을 들어도 부정
귀를 열어도 부정
긍정을 말하는 사람은
아무도 없네
부정적인 말만 들으니

뇌가 썩어 들어가는 듯해
나는 그냥 웃을란다
미친놈처럼 그냥 웃을란다
긍정 회로 고장
긍정 회로 고장
긍정 회로 고장
긍정 회로 고장

세상이 그런 걸 어떡하겠어
죽지 않으려면 미쳐야지
나라도 웃어야지
웃음도 바이러스니깐
멀리멀리 퍼뜨려야지
내 웃음아 멀리멀리 날아가라
번지고 번져서
지구를 덮어라
긍정 회로 고장
긍정 회로 고장
긍정 회로 고장
긍정 회로 고장

긍정 회로를 수리할 수 없습니다
시스템을 종료합니다

4. 낙뢰

Lightning strike

죄를 지었으면 벌을 받아야지
떨어져라 낙뢰
광야에 피뢰침을 세워
눈을 가린 채 속박해
나의 분노는 수증기가 되어
구름이 되었고
구름은 먹구름이 되어
울부짖어
다가오는 천둥소리를 들으며
두려움에 떨어라
이제 곧 마른하늘에
벼락이 떨어질 터이니
떨어져라 낙뢰

죄를 짓고도 죄를 모르는
파렴치한 것
사람 눈에 눈물을
흘리게 했다면

자신의 눈에는 피눈물을
흘릴 각오는 되었어야지
사람은 속였을지라도
하늘은 속일 수 없지
눈앞이 번쩍할 거야
떨어져라 낙뢰

진혼곡은 들었을까 모르겠네
아주 우렁찬 포효였는데
지금 살고 싶을까
죽고 싶을까
궁금하네
갈 땐 가더라도
7번 정도는 맞아야 하지 않겠어
만약 천국과 지옥이 있다면
천국에서 눈을 뜨진 않을 거야
하나 둘 셋
떨어져라 낙뢰
떨어져라 낙뢰
떨어져라 낙뢰
떨어져라 낙뢰

5. 못 먹은 감

Uneaten persimmon

까마득히 높은
감나무 꼭대기
가지에 달린
완벽한 감 하나
영롱한 빛깔
잘록한 몸체
톡 따서 먹고 싶지만
아직은 떫겠지
홍시가 되면 꼭
따 먹어 줄게
분명 맛있을 그 감
맛이 없을 수 없는 그 감
꿈에도 나오는 그 감
바라만 봐도 맛있는 그 감
드디어 붉은빛이 도네
학수고대하던 홍시
아끼고 아꼈던 홍시
매일 쳐다만 보던 홍시

오늘 따 먹어 줄게

분명히 맛있을 그 감

맛이 없을 수 없는 그 감

꿈에도 나오는 그 감

바라만 봐도 맛있는 그 감

딱 기다려 내가 장대 들고 올게

저게 뭐야

야 까치 저리 안 가

그거 너 먹으라고 놔둔 거 아니야

에라 너 다 먹어라

까치밥 고수레 얼쑤다 인마

분명 맛있을 그 감

맛이 없을 수 없는 그 감

꿈에도 나오는 그 감

바라만 봐도 맛있는 그 감

한입 베어 물면

빨간 과즙이

빵 터졌겠지

반으로 가르면

부드러운 속살이

줄줄 흘렀겠지

정말 맛있었겠지

괜히 아끼다

엉뚱한 녀석이

따 먹어 버렸네

맛있게 무라

까치밥 고수레 얼쑤다

퉤

퉤

6. 백수의 무게

The weight of the jobless

아 귀찮아

시간은 여섯 시

아침 아니고 저녁

슬슬 일어나야지

우선 폰이나 좀 볼까

다 귀찮아

하고 싶은 게 없어

친구를 만나고 싶어

그런데 돈이 없어

나는 돈이 없는데

친구들은 시간이 없어

뭐 시답지 않은 일 하면서

바쁜 척들이야

뭐 한 달에 이백쯤 번다던데

그런 일을 왜 해

노동의 가치가 없는데

자기 몸만 상하지

집에 아무도 없나

빨리 나가서 뽀글이나
만들어 와야겠다
집의 공기가 무거워
날 왜 그렇게 보는지
눈빛이 무서워
내가 뭐 잘못한 것도 아니고
어정쩡한 일보다
백수가 낫지
노동의 가치가 없는데
요즘에는 일자리가
어떤 게 있나
택배 상하차 이런 건
못 배운 애들이나 하는 거지
현장 생산직 이런 건
고졸 애들이나 하는 거지
뭐 일자리도 없네
내가 너무 유능하다니깐
4년제 졸업한
인재야 인재
지잡대긴 하지만

시간은 여섯 시
저녁 아니고 아침

폰이나 보며 지샌 새벽
창밖에서 사람들 소리가 들려
아침 일찍 출근하는 사람들
친구들은 벌써 취직해서
집도 사고
결혼도 하고
애까지 낳는데
나는 뭐 하고 있지
울적하다
나는 왜 아직도
방구석인 거야
이제 물불 가리지 않아
뭐든 할 거야

아 귀찮아
시간은 여섯 시
아침 아니고 저녁
슬슬 일어나야지
우선 폰이나 좀 볼까

7. 부자가 되고 싶다

Want to be rich

부자가 되고 싶다
부자가 되고 싶다
정말 부자가 되고 싶다

부자가 되고 싶다
통장에 숫자를 세다
잠이 들고 싶다
셀 수 없이 많은
돈을 갖고 싶다
정원에 수영장이 딸린
저택도 필요 없어
왕족이 타고 다녔다는
외제 차도 필요 없어
집 한 채보다 비싼
고급시계도 필요 없어
지하실에서 몇십 년 묵은
와인도 필요 없어
난 단지 부자가 되어

끝도 없이 날아오는
고지서를 긴장 없이
열람하고 거침없이
수납하고 싶다
김치 하나만 덩그러니
들어 있는 냉장고를 보며
내일은 뭘 먹지라는
고민이 들지 않게
냉장고 터지도록
음식을 쟁여 두고 싶다
몸이 아픈데도
자고 일어나면 낫겠지라며
밤을 끙끙거리며 세다가
병만 더 키우기 전에
망설임 없이
병원에 가고 싶다
나와 내 가족을
돈으로 지키고 싶다
부자가 되고 싶다
부자가 되고 싶다
부자가 되고 싶다
처절하게
부자가 되고 싶다

8. 선비의 탈

Nobleman's mask

선비의 탈을 벗어던져
날 속박하던 체면을 벗어던져
과거의 가문에 얽매이지 않아
과거의 관직에 옭매이지 않아
과거 시험에 응하지 않아
과거의 가문이 어떠하든
선조의 관직이 어떠하든
난 신경 쓰지 않아
요즘 시대에
선비가 어딨어
선비가 어딨어
선비가 어딨어
청송심씨 악은공파
23세손 심상율
가문과 종파 그리고 학렬
나에게 새겨진 핏줄
가문의 체통 때문에
더 이상 점잔 빼지 않아

양반의 신분

선비의 신분

요즘 시대에 신분이 어딨어

신분이 어딨어

신분이 어딨어

더는 선비의 탈을 쓰지 않아

날 통제하던 가면을 쓰지 않아

가장 나답게

내가 나답게

청송심씨 악은공파

23세손 심상율

가문과 종파 그리고 학렬

난 신경 쓰지 않아

가장 나답게

내가 나답게

요즘 시대에 선비가 어딨어

9. 안주의 두려움

Fear of complacency

현재에 안주할까 두렵다
현재에 만족하여 도태될까 두렵다
현재에 만족하여
주저앉을까 두렵다
발전하지 않고 멈춰 설까 두렵다
붉은 여왕이 말했듯
두 배는 더 빨리
뛰어야 한다
현재에 만족하지 말자
끊임없이 진화하자
여기서 안주해 버린다면
과거의 영광만을
되풀이하는 그저 그런
노인이 돼버릴 것이다
목숨을 걸고 탈피하는
가재처럼
현재의 안락함을 버리고
더 단단해진 외피를 얻자

이게 과연 맞는 선택일까

불안할 것이다

이게 과연 맞는 방법일까

혼란할 것이다

어두운 낯선 길을 걸어가듯

고통스러울 것이다

그러나 현재에 안주하는 것보다는

두렵지 않을 것이다

현재의 안락함에 안주할까

두렵다

진화를 두려워하지 말자

더 나은 미래를 위해

두 배는 더 빨리 뛰자

10. 친구 할 사람

Will you be my friend

어릴 적부터 나는 쭉
혼자였어
아무도 나의 말을 이해 못 해
늘 이상한 아이 취급을 받았어
항상 혼자였어
외로웠어
친구들과 함께 웃고 싶었어
저 무리 속에 속하고 싶었어
그러나 내 주위엔
말 없는 내 그림자만이
항상 나를 따라왔어
왜 아무도 나에게
다가오지 않아
나는 너희들을 헤치지 않아
나랑 친구 할 사람 없어
내가 어떤 모습이면
친구 해줄 거니
무엇을 해줄까

항상 우스꽝스러운

광대

항상 어리숙한 모습의

바보

무엇을 원해

광대가 되라면 광대가 되겠어

바보가 되라면 바보가 되겠어

무엇을 원해

내가 어떤 모습이면

친구 해줄 거니

나랑 친구 할 사람 없어

11. 한달살이

Month's life

나는 한달살이
한 달 벌어 한 달 사는
한달살이
다음 달에도
월급이 들어올지
모르겠어요
그래서 불안해요
다음 달에도
돈을 벌어야 할 텐데요
나는 한달살이
저축을 하고 싶어요
그런데 모을 수가 없어요
밥을 안 먹을 수는 없잖아요
밖에서 노숙할 수도 없잖아요
내야 할 공과금도 많잖아요
숨만 쉬어도 돈이 나가잖아요
나는 한달살이
한 달 벌어 한 달 사는

한달살이

돈이 없어서 불안해요

갑자기 일이라도 생기면

비상금도 없어요

너무 초조해요

너무 괴로워요

너무 우울해요

돈이 없어도 너무 없어요

나는 한달살이

12. 흑고니

Black swans

입장 전부터 땅을 울리는
클럽 안 베이스 소리
마치 심장박동 같아
스테이지로 가는 복도는
마치 나를 위해 준비한
런웨이 같아
어두운 복도를 지나
맞이한 스테이지
벽면을 가득 채운 전광판
쉴 틈 없이 쏘아 대는 레이저
화려하게 빛나는 네온사인
온몸을 진동시키는 스피커
어디 한번 즐겨 볼까
나는 저 비둘기와는 달라
바닥에 뿌려진 모이처럼
여자 주변으로 모이지 않아
고개만 까딱거리며
어떻게 하면 저 모이를 먹을까

까딱까딱거리는

저 비둘기와는 달라

나는 마치 이 어둠을

지배하는 한 마리의

흑고니

저 까딱임 사이에서

검은 날개를 펼쳐

어디 한번 놀아 볼까

이 교태는 지나칠 수 없는

페로몬

모이는 나에게 모이지

하지만 나는 저

까딱거리는 비둘기와는 달라

배 불리는 데 관심이 없지

그저 이 음악을 느낄 뿐

음악에 맞춰

우아한 날갯짓을 해

어디 한번 느껴 볼까

#정규_11집

Leave

1. All leave you

너는 떠나갔지만
나에겐 아직 사랑이 남았다
혼자서 하는 사랑
수신이 없는 사랑
한순간에 끊어진 사랑
남아 버린 사랑에
너무나 괴롭다
나 혼자 덩그러니
조용히 읊조린다
How leave you
How leave you
How leave you
How leave you
그대는 날 떠나
내 생각조차 하지 않겠죠
그렇다면 나 지금 너무나
바보 같겠죠
머무르고 있을 수만은 없겠죠

이제 단념할 때겠죠

초련한 사랑

아련한 미련

사련한 추억

편련한 체념

이제 모두 당신을 떠나

All leave you

All leave you

All leave you

All leave you

이제 그대를 향한 것은

모두 떠나가

남은 것이 없죠

나에게 남은 한 가지

후련한 이별

2. Cute aggression

Cute aggression
뇌가 과도하게
행복한 상태가 되면
감정의 평형을 맞추기 위해
정반대인 공격성을 유도하는 것
그래서 날 깨물고 싶어 했구나

귀여운 공격성
그때는 몰랐지
왜 나를 그렇게
깨물고 싶어 하는지
살살 깨무는 것도 아니야
살점이 떨어져 나갈 것
같았다니깐
팔을 깨물어도 되냐고
물을 때마다
나는 섬뜩했어
그렇지만 이런 이유라면

얼마든지 내어 줄게
자 물어

Cute aggression
귀여운 공격성
내가 그렇게 귀여웠니
내가 그렇게 사랑스러웠니
내가 그렇게 매력 있니
이것 참 부끄럽네
이것 참 쑥스럽네
물어 물어
마음껏 물어

처음에는 전혀
이해하지 못했어
왜 깨물고 싶은지
내가 너무 귀여워서
공격성이 나온 거라면
나는 후회 없어
팔에 잇자국이 생긴대도
나는 더 행복할 거야
마음껏 물어
나 가만히 있을게

아이 좋아라
자 물어

Cute aggression
귀여운 공격성
내가 그렇게 귀여웠니
내가 그렇게 사랑스러웠니
내가 그렇게 매력 있니
이것 참 부끄럽네
이것 참 쑥스럽네
물어 물어
자 물어

3. 가슴은 뜨겁게 머리는 차갑게

My heart is hot, my head is cold

세상을 살아가다 보면
언젠가는 곤란한 부탁이 생겨
해주기는 싫은데
매몰차게 거절하기도 그래
곤란하지 곤란해
사람을 잃기는 싫은데
부탁을 거절하기도 힘들어
부탁은 분명 내가
손해 보는 입장이란 말이지
그럴 땐 말이지
이렇게 해보자
가슴은 뜨겁게
머리는 차갑게
가슴은 뜨겁게
머리는 차갑게

가슴은 뜨겁게
공감을 해주는 거야

너의 곤란한 상황을
잘 이해했어
정말 힘들겠구나
어쩌다 그런 일이
생긴 것일까
내게 기대 울어도 돼

머리는 차갑게
계산기를 두드려
내가 부담할 위험은
얼마나 큰지
내가 부담할 재화는
얼마나 큰지
내가 부담할 인력은
얼마나 큰지
내가 부담할 시간은
얼마나 큰지
머릿속으로 계산기를 두드려

가슴은 뜨겁게
머리는 차갑게
감성과 이성의 사이를
수없이 저울질해

왔다 갔다
이성과 감성
감성과 이성
어느 것이 정답일까
가슴은 뜨겁게
머리는 차갑게

4. 그의 홍차

His tea

높으신 분에게
초대를 받아
따뜻한 홍차 한 잔을
대접받았어
고급 찻잔에 담긴
선홍빛 홍차
역시 드시는 홍차도
급이 다른가 보네
진한 색
깊은 향
역시나 다른
그의
홍차 홍차 홍차
홍차 홍차 홍차
그의
홍차 홍차 홍차
홍차 홍차 홍차
맛을 안 볼 수 없지

이런 맛은 처음이야
급이 다른가 보네
둘이 먹다
하나 죽어도 모르겠다
이런 완벽한
홍차는 처음이야
삼키기 아쉬운걸
역시나 다른
그의
홍차 홍차 홍차
홍차 홍차 홍차
그의
홍차 홍차 홍차
홍차 홍차 홍차
잘 마시고 갑니다
홍차가 정말 맛나네요
홍차 말고는
넣은 거 없죠
홍차 때문이라도
다시 오고 싶네요
그럼 가보겠습니다
카페인 때문인가
약간 어지럽네

지구가 돈다

하늘이 아름답네

그럼 그렇지

역시나 다른

그의

홍차 홍차 홍차

홍차 홍차 홍차

그의

5. 꽃밭에 들어가지 마세요

Don't enter the flower garden

꽃밭에 들어가지 마세요
꽃들은 소품이 아니에요
꽃도 살아 있는 식물이랍니다
어차피 얼마 못 산다고요
짧게 사니 더 아껴야 하지 않나요
어차피 누군가 들어간다고요
그대부터 안 들어가면 되지요
어차피 내년에도 핀다고요
내년에도 올해의 꽃일까요
꽃밭에 들어가지 마세요

꽃밭에 들어가지 마세요
꽃들은 소품이 아니에요
꽃도 살아 있는 식물이랍니다
꽃을 밟아 버리고
꽃을 꺾어 버리고
꽃을 죽여 버리는데
죄책감이 없나요

꽃이 비명을 질러도
꽃밭에 들어가실 건가요
꽃이 말을 해도
꽃밭에 들어가실 건가요
꽃밭에 들어가지 마세요

꽃밭에 들어가지 마세요
꽃들은 소품이 아니에요
꽃들도 살아 있는 식물이랍니다
인생 사진 한 장 찍겠다고
꽃들을 밟아 버리고
꽃들을 눌러 버리면
꽃들은 인생 사진을 못 보겠군요
사진 한 장이 그렇게 중요합니까
꽃밭에 들어가지 마세요

6. 노력의 결실

Fruit of effort

처음엔 아무것도 몰랐지
하다 보면 어떻게든 되겠지
라며 다운로드 받은
무료 DAW
처음 보는 화면에
넋이 나가 멍하니 쳐다봐
그래도 어쩌겠어 해야지
인터넷에 떠도는
영상을 마구잡이로
시청해 쑤셔 넣어
마우스로 하나하나 찍어
기계같이 딱딱한
음악을 만들어
가사에 만족이란 없어
수정에 수정에 수정
손이 덜덜 떨려
시간 가는 줄 몰라
밤을 새

녹음된 내 목소리는
왜 이렇게 듣기 싫은지
내 목소리가 진짜 이런가
충격에 빠져
소리 내는 법부터
다시 시작해
목소리를 관리해
술 담배 하지 않아
창법을 갈아엎어
그렇게 돌탑처럼
쌓아 만든 200곡
이제 나에게
치욕을 줬던 이들에게
당당하게 명함을 내밀어
내가 누구냐고 묻는다면
인터넷에 떠 있는
인물정보를 보여줘
다 필요 없고
이제 가족을 지킬 수 있어
지킬 힘이 있어
먹고 싶은 것을 사 먹고
사고 싶은 것을 사 들고
하고 싶은 것을 할 수 있어

변변찮았던 노력은
커다란 결실을 맺었어
내가 생각했던 것보다
커다랗게

7. 노력의 배신

Betrayal of effort

누가 노력은 배신하지
않는다고 했어
노력만큼 쉽게
배신하는 것도 없는데
노력이 부족해서 그렇다
얼마나 노력해야 할까
노력의 결과는 운이 아닐까
죽어라 노력해도
안 될 놈은 안 되고
될 놈은 어떻게든 되니깐
나 아는 사람 없냐
명함 많은데 한 장 들고 가
이름 하나 알리는 게
이렇게 어려운 일일 줄
상상도 못 했다
200곡 발매하면
인생이 바뀔 줄 알았어
근데 뭐 돈도 못 벌어

아는 사람도 없어

듣는 사람도 없어

사실 나도 내 노래 안 들어

곡을 찍어 내는 것에만

열중했던 것 같긴 해

퀄리티가 답도 없긴 하더라

200곡 같은 1곡을 썼으면

뭐가 달라졌으려나

무작정 노력만 한다고

되는 것은 없는 것 같아

글쎄 이제 나도 어떡할까 싶다

어쨌든 노래는 계속 만들겠지

그래 봐야 이 노래처럼

어차피 안 들을 거잖아

8. 받아쓰기

Dictation

초등학생이 돼서도
한글을 깨치지 못한
아이가 있었다
매주 토요일이면
학교에선 받아쓰기
시험을 쳤었다
그때마다 아이는
빵점을 맞았다
선생님께 아이는 문제아였다
준비물도 챙기지 않고
가정통신문도 챙기지 않고
일기도 쓰지 않고
한글도 모르는
문제아였다

시간이 흘렀다
아이는 소년으로
소년은 청년으로

아이는 청년이 되었다
매주 받아쓰기를
빵점 맞았던
아이는 지금
청년이 되어 문학을 쓴다
한글도 모르던 아이가
문학을 쓴다
뒤처졌다고 영원히
뒤처지는 것이 아니다
시작이 느릴 수는 있지만
끝은 아무도 모르는 법이다
단지 자신만의 속도가 있을 뿐

9. 발톱

Claw

날 건드리지 마
햇살이나 받으며
평화롭게
낮잠이나 자고 싶어
심기를 건드리지 마
소파에 널브러져
여유롭게
명상이나 하고 싶어
건드리지만 않는다면
서로 편하잖아
시비를 걸지 마
왜 자꾸 깐족거려
인내심을 시험하는 건가
그냥 널브러져 있고 싶어
날 화나게 만들지 마
이 솜방망이 안에는
무시무시한 발톱이
숨어 있다고

날 건드리지 마

날 건드리지 마
이 무시무시한
발톱을 봐봐
베이면 많이 아플걸
사라지지 않는
흉터가 생길지도 몰라
봐봐
꽤나 날카롭잖아
피를 보고 싶은 건가
다치기 싫으면
그냥 날 내버려 둬

날 건드리지 마
햇살이나 받으며
평화롭게
낮잠이나 자고 싶어
심기를 건드리지 마
소파에 널브러져
여유롭게
명상이나 하고 싶어

10. 셔터 내려

Shutter down

어이 주인장
내 왔다
셔터 내리라

어이 주인장
요즘 장사 잘되나
오늘 마 재미 보게 해줄게
안주 함 내와 봐라
재고 제일 많이 남은
안주부터 갖고 온나
끊기지 않게 가 와라
냉장고 탈탈 털어 보자
주방 쉬지 말고
일해라
어이 주인장
셔터 내려
샷샷샷샷
샷샷샷샷

셔터 내려

샤샤샤샤

샤샤샤샤

셔터 내려

어이 주인장

맛있는 안주에

술이 빠지면 섭하지

술 있는 거 다 갖고 온나

소주 뭐 드릴까요

맥주 뭐 드릴까요

묻지 마라 마

냉장고에 있는

소주 맥주 양주 탁주

청주 약주까지

다 가져온나

하나도 빠짐없이

다 가져온나

오늘 마 재미 보게 해줄게

그냥 궤짝으로

쌓아 둬삐라 마

어이 주인장

셔터 내려

샤샤샤샤

샤샤샤샤
셔터 내려
샤샤샤샤
샤샤샤샤
셔터 내려
아따 해 떠 붓노
해 떴으면 집에 가야지
마 여 이 정도면
충분하나
현금영수증 묻지 마라
남는 거는 가지라
어이 주인장
셔터 올리라
아 취한다
내 간다

11. 친구 18호

Friend number 18 

오늘도 공원 밤거리를
둘이서 거닌다
너의 남자친구 이야기를
들으며 둘이서 거닌다
너의 남자친구이자
나의 친구의 이야기를
들으며 둘이서 거닌다
쌀쌀해진 밤거리를
뒤로한 채
집으로 거닌다
서로의 이부자리에 들어
전화를 든다
고요해진 밤공기를
둘이서 지샌다
밤새 지샌다
수화기 너머로 나를 찾는
울음소리가 들린다
나를 찾아온 너는

남이 된 나의
친구 이야기를 건넨다
한참을 우는 너의 하소연을
가만히 들어 준다
나도 너의 손을 잡고 싶다
나도 너의 마음에 남고 싶다
나도 너의 주인공이 되고 싶다
나도 너의 남자친구가 되고 싶다
나도 너를 품에 안고 싶다
아니 후보라도 되고 싶다
나를 친구 18호쯤으로
생각하는 네가 밉다
같이한 수많은 경험
같이한 수많은 얘기
같이한 수많은 감정
그러나 다른 무게
내가 너의 친구 18호인
이유

12. 필름 타임머신

Film time machine

내 어릴 적 추억을 찾아

옛날 필름을 돌려 보네

나의 십 대 시절

영화

드라마

다큐멘터리

그 시절 유행하던

노래

그 시절 유행하던

옷

그 시절 유행하던

상표

그 시절 유행하던

감성

그 시절 어딘가에

살아가던

나

저 필름과 같은 시기에 나는

어디서 무엇을 하고 있었을까
내 기억 속 먼지 쌓여 있던
필름들을 영사기에 돌려 보자
지금은 아무도 듣지 않는 노래
지금은 아무도 입지 않는 옷
지금은 아무도 모르는 상표
지금은 아무도 모르는 감성
내 추억은 필름 속에 온전히
간직되고 있다
그 시절 필름에는
그땐 그랬지라며
말할 수 있는
감성이 찍혀 있다
나는 왜 그 시절 필름을
돌려보는 걸까
나는 그 시절 내가 그리운 걸까
나는 그 시절이 그리운 걸까
영사기는 끝을 모르고 돌아가네
이 영사기는 정지가 없는 걸까

#정규_12집

Prototype

1. 그 길

That way

너와 매일 걷던 그 길
눈을 감아도 환한 그 길
매일 안녕 인사하던
그 길에서 너와 마지막
안녕을 말했어
너와 매일 걷던 그 길
이제 네가 없는 그 길

더는 가지 못하는 그 길
더는 걷지 못하는 그 길
내 걸음으로 가지 못하는
너의 집으로 가는 그 길

너와 내가 걷던 그 길
너와 맞춰 걷던 그 길
손을 잡고 걷던 그 길
그 길에서 너와 마지막
걸음을 맞췄어

너와 매일 걷던 그 길
이제 네가 없는 그 길

널 향한 내 마음의 거리가
너에게 가는 거리지만
갈 수 없는
가서는 안 되는
그 십 분 거리는
우리가 함께 있었다는
추억거리로
남겨 두려 해

우리 함께 걷던 그 길
우리 웃음 피던 그 길
매일 볼 수 있어
좋았던 그 길
그 길에서 행복했던 우리

2. 까마귀

Crow

광활한 도로 위
끝없이 움직이는 불꽃들의 향연
그 옆 고개를 꺾어야만
끝이 보이는 빌딩 위에
내가 서 있네
무엇이 그리 바쁜지
무엇이 그리 나쁜지
쉼 없이 움직이고
쉼 없이 걸어가네
그 모습을 매일 난
내려보네
내려보네
내려보네
내려보네

광활한 하늘 위를
유유히 활공하고
보이지 않는 끝을 향해

자유롭게 날아가네

무엇이 그리 바쁜지

무엇이 그리 나쁜지

쉼 없이 움직이는

쉼 없이 아름다운

저 구름을 매일 난

바라보네

바라보네

바라보네

바라보네

당신이 바쁘다고

지나쳐 버린

매 순간 색다름을

지닌 하늘과

매 순간 또 다름을

지닌 구름을

올려 봐요

올려 봐요

올려 봐요

올려 봐요

광활한 하늘 위를

자유롭게 날아가고
보이지 않는 끝을 향해
유유히 날아가네

3. 꿈 한 장

Picture of a dream

오늘이 며칠이지
반복되는 일상에
날짜마저 무감각해
오늘도 어제와 같은
하루를 보내겠지
늘 그렇듯이

어릴 적 내가 지금의
나를 보면 무슨 말을 할까
꿈은 어디로 갔어
이렇게 사는 거야
정말 나인 거야
이런 말을 할 거야
미안해 꿈을 잃은 나

어린 나를 따라
과거로 가자
꿈 한 장

기타를 잡고 있네
꿈 한 장
노래를 부르고 있네
꿈 한 장
무대를 꾸미고 있네
꿈 한 장
꿈 한 장
꿈 한 장

나에게
꿈이 있었나
꿈이 있었네
꿈이 있었어

꿈 한 장
기타를 잡고 있네
꿈 한 장
노래를 부르고 있네
꿈 한 장
무대를 꾸미고 있네
꿈 한 장
꿈 한 장
꿈 한 장

그래 이게 나였어
기타를 잡고
노래를 부르고
환호를 받는 나
세상에 짓눌려
버렸던 꿈들을
다시 꾸는 거야
미안해 꿈을 잃은 나
널 잊고 있었어
기다려 줘서 고마워

꿈 한 장
기타를 잡고 있네
꿈 한 장
노래를 부르고 있네
꿈 한 장
무대를 꾸미고 있네
꿈 한 장
꿈 한 장
꿈 한 장

4. 끝나지 않는 끝맺음

Endless ending

끝이 났지만
끝나지 않은
사랑을 하고 있다
끝맺음 당한
끝맺음을
끝맺지 못하고
끝이 없는
무한 굴레를 돈다
끝나지 않은 사랑은
끝도 없이 상기된다
잊어버리자는
생각조차
다시 생각나게 하는
끝도 없는
외침일 뿐이다
끝을 내지 못한
사랑의 끝맺음을
끝낼 방법은

사랑이 끝났다고
계속 외치는 것뿐이다
끝을 받아들이지 못해
끝내지 못한 것이기에
끝을 받아들여
정말 끝이 났다는
끝맺음을 지었을 때
끝나지 않을 것 같던
저주는 끝이 날것이다
끝났다면
끝난 대로
끝을 받아들이자
이 얼마나 비참한
저주인가

5. 너만 나오지 않는 꿈

A dream that only you don't come out in

너를 처음 만났던 교실
너의 책상 위에는
펼쳐진 책 위에
놓인 샤프
항상 같은 위치에
있는 필통
의자에 걸쳐 놓은
교복
그 교복에 달린
명찰
모든 것이 그대로다
첫 데이트로 갔던
레스토랑
촛불로 굽다 불이 붙어 버린
마시멜로
조개를 하나씩 까주었던
봉골레 파스타
후식으로 마신 차가운

버블티

모든 것이 그대로다

처음으로 같이 갔던

영화관

나란하게 붙어 있는

좌석

영화가 시작하기도 전에

다 먹어 버린

팝콘

하나의 컵에 꽂힌

두 개의 빨대

모든 것이 그대로다

그런데 왜

너만 보이지 않는 걸까

왜 모든 장면에

너만 보이지 않는 걸까

이것이 꿈이라는 것을

아는데도

어째서

너만 없는 것일까

모든 것이 그대로인데

꿈에서조차

너를 볼 수 없는 건가
모든 것이 그대로인데
너만 나오지 않는
꿈을 꾸었다

6. 다가가

Get closer

난 사랑에
관심이 없었죠
내 눈은 어두운
밤과 같았죠
사랑은 나와
상관없다 믿었죠
수많은 연인을 봐도
별다른 감흥이 없었죠
하지만 그대를 본 순간
내 눈에 해가 떴죠

봄에 꽃이 피듯이
여름에 더위가 오듯이
가을에 단풍이 들 듯이
겨울에 추위가 오듯이
난 그대에게 다가갔죠
두근거리는 심장을
뒤로한 채

수많은 말들을
생각한 채
그대에게 말했죠
아름다워요
그대 웃었죠

난 연애에
관심이 없었죠
내 눈은 어두운
밤과 같았죠
하지만
그대를 본 순간
내 눈에 해가 떴죠

봄에 꽃이 피듯이
여름에 더위가 오듯이
가을에 단풍이 들 듯이
겨울에 추위가 오듯이
우리 이제 애인해요

봄에 꽃이 피듯이
여름에 더위가 오듯이
가을에 단풍이 들 듯이

겨울에 추위가 오듯이

난 너에게로 다가가

7. 붕어빵

Bungeoppang

겨울이 오면
골목길에서 만날
당신을 기다려요
찬바람에 얼어 버린
나의 몸과 마음을
녹여줘요
당신의 체온으로
날 감싸고
세상은 따뜻해져요

그대 겨울이 지나면
날 떠나가겠죠
당신의 생명이
다하는 그날까지
난 당신을 사랑할게요
그대는 날 위한 사랑
이 겨울 다할 때까지
우리 함께해요

당신의 심장이
겨울의 심술에
아프다면
그대 날 위해
뜨거워 말아요
당신을 위해
종이꽃
고이 접어 드릴게요
그대 날 위해
뜨거워 말아요

그대 겨울이 지나면
날 떠나가겠죠
당신의 생명이
다하는 날까지
난 당신을 사랑할게요
그대는 날 위한 사랑
이 겨울 다할 때까지
우리 함께해요

8. 비 우기

Rain rainy season

호수가 말랐다
위에서 떨어질 물도
밑에서 솟아날 물도
찾아볼 수 없다

땅이 갈라졌다
위에서 떨어질 물도
밑에서 솟아날 물도
찾아볼 수 없다

무덤덤하다
지독하게 이어지는
건기조차 익숙하다
이제 이 건기가
원래의 모습인 듯이
무덤덤하다

구름이 모인다

말라버린 호수와
갈라진 땅은
구름을 만든다
이내 쏟아진다
비
우기

눈물이 말랐다
위에서 떨어질 눈물도
밑으로 흘러갈 눈물도
찾아볼 수 없다

감정이 갈라졌다
위에서 떨어질 기쁨도
밑으로 흘러갈 우울도
찾아볼 수 없다

무덤덤하다
지독하게 이어지는
무감조차 익숙하다
이제 이 감정이
원래의 모습인 듯이
무덤덤하다

눈물이 모인다
말라 버린 감정과
갈라진 마음은
눈물을 만든다
비
우기

호수를 채운다
땅을 적신다
구름은
한 번에
터진다
눈물을
비운다
비
우기
비우기

9. 숨바꼭질

Hide and seek 

잊어버린 술래를 찾아
오래된 숨바꼭질을
이어가 보자
기억의 미로 속
술래는 어디에 있나
학교 뒤에 숨었나
회사 뒤에 숨었나
꼭꼭 숨어 버린
술래야
어디에 있니

금방이라도
길을 잃어버릴 것 같아
추억의 지도를 따라
천천히 가자
흩어진 선을 따라가면
술래가 나올까
흐르는 선율 따라가면

술래가 나올까
천천히 천천히 따라가
술래가 보일까

책으로 쌓은
담벼락을 따라
모니터에 적힌
암호를 풀어
미로의 문을
하나씩 열고 나가면
술래가 보일 거야
잊어버린 술래를 찾아
추억 속으로

10. 아프지 않아

It doesn't hurt 

사람들은 이별이 아프대
차오르는 장맛비처럼
눈물이 쏟아진대
이별의 말을 듣는 순간에는
심장이 미어진대
아픈 이별이 무서워
헤어지지 못했어
혼자 성을 쌓고
틀어막아도
막지 못하는
이별의 순간이
왔어

생각보다 아프지 않아
눈물이 터져 나오지도
가슴이 찢어지는
아픔도 없어
아프지 않아

흔한 만남 흔한 이별
그중에 한 명인 너야
널 만나기 전으로 돌아가
평범한 하루를 보낼 거야
이별 아프지 않아

사실
혼자 널 그리워해
잊으려 해도
잊히지 않고
지우려 해도
지워지지 않는
널 그리워해
혼자 아프면 되니깐
아파하는 나를 보면
내가 더 미워질까 봐
계속 되뇌어
이별 아프지 않아

흔한 만남 흔한 이별
그중에 한 명인 너야
널 만나기 전 나로 돌아가
평범한 하루를 보낼 거야
이별 아프지 않아

11. 안녕 그대

Hello dear 

안녕
사랑하는 그대
아무도 언제 올지 모르는
첫눈처럼
나에게 왔던 그대
시린 날들이 지나
수줍게 고개를 내미는
새싹들처럼
날 떠나가요
흐르는 물처럼
시간이 흐르면
바다를
만나게 될 거예요
내가 없어도
빛이 나는 그대여
이제 흘러갈
시간이에요

그대 날 떠나가세요
해가 져도
빛이 나는
달처럼
그대 날 떠나
빛을 내줘요

내 마음 시린대도
그댈 위해 멀리 떠나요
그대 나의 그늘에서
벗어나
자유로운 해처럼
밝게 빛나요

그대 날 떠나가세요
해가 져도
빛이 나는
달처럼
그대 날 떠나
빛을 내줘요
이제 빛을 낼
시간이에요
안녕

12. 연애살

Love weight

너의 사랑을 먹고
쪄버린 연애살
내 몸 이곳저곳에
너에게 받은
사랑이 남아
너를 잊지 못해
눈물이 흐른다
마냥 미련하게
슬퍼하고 있을 수만은
없지 않은가
나는 너를 잊기 위해
달린다
나의 숨 한 번 한 번마다
나의 땀방울방울마다
너와 함께한 추억을
뽑아낸다
힘들다
죽을 만큼 힘들다

너를 잊는 것이
힘든 게 아니라
살을 빼는 것이
힘든 것이라
되뇐다

언제 연애살이 쪘는지도
모를 만큼 연애살이
모두 빠졌다
너와의 추억도 모두
빠져나갔을 거라
생각했지만
나에겐 튼살이 남았다
너의 사랑을 먹고
쪄버린 연애살이
모두 빠졌지만
너와 사랑했던
흔적이 남았다
나는 너를 영원히
잊을 수 없구나

#정규_13집

Counsel

1. 그냥 해

Just do it

남들보다 성공하고 싶은가
남들보다 뛰어나고 싶은가
남들보다 잘하고 싶은가
그렇다면
그냥 해

잘하려고 하다 보니
긴장되고 긴장되니
실수를 하는 거지
잘하려고 하지 마
열심히 하지 마
잘하려고 하면
스트레스받고
열심히 하면
금방 지쳐
아무 생각 없이
그냥 해

그냥 하면

뒤처질 것 같아

불안해

불안해할 필요 없어

남들은 그냥도 안 해

생각보다 부지런한

사람은 없어

그냥 해

그냥 꾸준히 해

결국 성실한 사람이

잘하는 사람이 돼

그냥 해

그냥

2. 길 잃은 영혼

Lost soul

불쌍한 길 잃은 영혼

당신은 왜 군중 속에
홀로 소리치고 있습니까
당신은 왜 길 위에
홀로 버려져 있습니까
당신의 신께서
당신을 길 위에
세우셨습니까
도대체 누구를 위해
소리치고 있는 것입니까
자신의 신을 믿지 않는다면
현세와 사후가 불행해진다는
저주를 퍼붓는 것은
도대체 누구를 위한
지껄임입니까
당신의 신을 위한 것입니까
당신의 자긍심을 위한 것입니까

당신의 행색을 보십시오
허름함은 곁눈질로도 보이고
초라함은 보지 않아도 보입니다
당신의 신이 당신을
그리 만들었습니까
당신은 왜 미친 소리만
지껄이십니까
괴성을 지르고 험담을 퍼붓고
신의 이름을 방패 삼아
믿음을 강요하는 것은
누구를 위한 것입니까
당신의 신이 당신을
그리 만들었다면
당신의 신이
당신을 버린 것이고
당신이 당신의
신을 위한 것이라면
당신은 신의 얼굴에
먹칠을 하는 것입니다

당신이 죽으면
당신의 영혼은
어디로 갈 것 같습니까

3. 뒷북 축포

Belated celebration 

좋은 일 기쁜 일
성공적인 마무리에는
축포가 빠질 순 없지
잔뜩 흔든 샴페인
발사 준비된 축포
금방이라도 터질 것만 같지
기쁨도 좋지만
잠깐 기다려줘
축포는 늦으면 늦을수록
좋은 것이니깐
일이 확실히 마무리될 때까진
축포는 잠시 미루자고
조금 더 확실하게
조금 더 꼼꼼하게
조금 더 철저하게
더는 일이 생기지 않을 때까지
기다리고 기다려
축포가 터진 후

일이 생기면

실수하기 마련이니깐

이제는 없겠지

더는 없겠지가 아닌

완벽하게 일이 끝나고

감감무소식일 때

이제는 축하해도

되지 않을까 싶을 때

한 번 더 기다리고

기쁨이 잊힐 때쯤

축포를 터뜨리는 거야

뒷북 축포만큼 개운한 게 없지

축포는 뒷북에 터뜨리는 거야

4. 버티는 거야

Endures

인생은 버티는 거야
하루하루 버티는 거야
버티다 보면
살아남는 거야
고통의 연속이겠지
살아가는 것이
재미없겠지
미래가 궁금하지 않겠지
죽어도 괜찮다고
생각하겠지
죽어도 상관없다고
생각하겠지
인생이 다 그런 거야
재미없는 인생을 사는 거야
그래도 버티는 거야
하루하루 버티며
나이를 먹어가는 거야
나이가 들었다고

슬퍼하지 마
나이를 먹었다는 것은
살아남았다는 것
강한 자가 살아남는 게 아냐
살아남는 자가 강한 것이야
나이를 먹었다는 것은
강하다는 것
버티며 단단해졌다는 것
하루하루가 소중해
다가오는 죽음을 생각하면
인생은 달콤한 법이지
달콤한 것을 마다할
이유가 없지
이 달콤한 하루를 즐기는 거야
이 달콤한 인생을 즐기는 거야
인생을 버틴다는 것은
인생을 즐긴다는 것
인생은 달콤한 것이야

5. 벼는 익을수록

As rice ripens

고개를 숙이지
고개를 숙인다는 것은
무겁다는 것
무겁다는 것은
속이 꽉 찼다는 것
안이 가득 차야만
고개를 숙일 수 있다는 것
고개를 숙인다는 것은
겸손하다는 것
아는 것이 많을수록
자신의 부족함이
보인다는 것
부족함이 보일수록
부끄러움을 느낀다
부끄러움을 느낌에
함부로 말하지 않는다

고개를 세우지

고개를 세운다는 것은
가볍다는 것
가볍다는 것은
속이 비었다는 것
안이 텅텅 비어야
고개를 세울 수 있다는 것
고개를 세운다는 것은
거만하다는 것
아는 것이 적을수록
자신의 오만함이 생긴다
오만함이 많을수록
방자함이 늘어난다
부끄러움을 모름에
함부로 말을 한다

멍청한 사람은
멍청함을 인지하지
못한다
멍청한 사람은
자신의 멍청함을 모르고
자신의 멍청함을
자랑한다
벼는 익을수록
고개를 숙인다

6. 비난은 쉽지

Blame is easy

비난은 쉽지
그냥 입에서
나오는 말
그대로 툭툭
뱉으면 되잖아
뇌를 거칠 필요 없이
톡톡 뱉으면 되잖아
비난은 누가 못해
꼬투리 하나 잡아서
불편해하면 되는데
그럼 역으로 물어보자
그래서
해결 방안이 뭔데요
비난만 하지 말고
말 좀 해줘요
더 좋은 방법이 있으니
까는 거 아니에요
제발 답 좀 알려 주세요

해보지도 않았으면서
비난만 해
안 겪어 보면
얼마나 힘든지 몰라
무조건 불편해
무지성으로 비난해
해보고 말 좀 해
더 나은 방법
찾거든 말해
아무 생각도 없는데
비난만 해
남 잘되는 꼴은 죽어도
못 보지
아주 그냥
바짓가랑이 잡고
늘어진다니깐
거기 쓰레기 뱉는 입 닫고
가만히 있어
그럼 반이라도 가지

7. 실피의 의지

Dying will

공이 울렸다
정신을 똑바로 차리고
상대를 탐색한다
스텝을 밟는다
잽으로 견제한다
다시 스텝과 탐색
상대를 유인해 볼까
잽 아니면 훅
이런 생각이 길었다
상대의 스트레이트
나의 그로기
상대의 러시
흠씬 뚜드려 맞는다
빈틈이 생긴 가드
정신이 혼미하다
이성이 가출한다
체력이 깎인다
나의 녹다운

아마 나는
지금 실피
정신 차려야 한다
실피가 되었다는 것
외에는 변한 것이 없다
침착해야 한다
호흡을 가다듬고
상대의 움직임을 보자
똑같은 상황을 만들자
잽 아니면 훅
상대의 스트레이트
나의 드로잉
상대의 그로기
카운터블로
나의 러시
상대의 녹다운
실피가 되어도
변하는 건 없지
오히려 짜릿한
역전승

8. 오래된 티셔츠

Old t-shirt

나에겐 오래된
티셔츠가 있어
오래돼서
군데군데
구멍이 나고
여기저기
찢어져 버린
낡고 낡은
티셔츠가 있어
남들은 누더기 보다
못한 옷이라고
빨리 버리라고 하지만
나는 그럴 수 없어
이 티셔츠는 이미
내 피부와 같거든
다른 옷은 이만큼
편하지 않아
이 티셔츠보다

편한 옷을

찾게 된다면

버릴지 말지는

생각해 볼게

가끔 찢어진 부분으로

팔을 잘못 끼워 넣고

가끔 구멍 난 부분에

손가락이 끼지만

이 티셔츠 보다

편한 옷이 없어

이미 피부와도 같은걸

9. 은둔형 뱀파이어

Reclusive vampire

저의 공간에 오신 것을
환영합니다
밤에 초대해서 죄송합니다
낮에는 눈이 부셔서요
햇빛을 받아도
아무렇지도 않습니다
의외인가요
다들 놀라더군요
집이 조금 어둡습니다
세월이 지나도 어두운 게
심신에 안정을 주더군요
식전 빵으로
마늘꽃으로 장식한
마늘빵입니다
식기는 모두 은으로
만든 것을 사용하고 있으니
독이 있는지
검사해 보셔도 됩니다

다음으로는 오늘 도축한
소로 만든 육회와
레어로 구운 필레 미뇽입니다
제가 레어 이상으로
조리해 본 적이 없어
제일 자신 있는 굽기로
구웠습니다
양해해 주십시오
인간의 피를 먹지는
않지만 식성이
변하지는 않더군요
인간과 다르지 않은데
왜 집에서 나가지 않냐고요
의외로 간단한 이유입니다
더는 이별의 슬픔을
느끼고 싶지 않기 때문이죠
제는 야행성 인간과
다르지 않지만
인간과는 달리
시간이 무한하기 때문이죠
누군가는 축복이라 말하지만
저는 저주라고 생각합니다
무엇이든 유한할 때

소중함을 느끼는 법이니까요
충분한 대답이 되었나요
저는 또 언젠가
영원한 이별의 슬픔을
느끼겠군요
사는 동안 무탈하시고
돌아가시는 길에
신의 가호가 깃들기를
바랍니다
안녕히 가십시오

10. 인내와 집중

Patience and concentration 

인내가 사라졌다
빨라진 세상에
기다림이 없다
잠깐의 기다림에
지루해한다
침착이 사라졌다
집중이 사라졌다
지루한 글 읽기는
할 수가 없다
빼곡한 글은
요약을 찾기 바쁘다
새로운 정보가
끝도 없이
밀려 들어온다
정보의 길이는
점점 짧아진다
관심 없는 정보는
바로바로 넘긴다

인내가 없다

집중이 없다

인내와 집중은

짧아진 정보만큼

짧아졌다

인내가 없다

집중이 없다

11. 잃어버린 물건

Lost items

잃어버린 물건은
잃어버린 채로
보내 주세요
소중한 물건일수록
상실감이 크겠지만
잃어버렸다면
잃어버린 채로
보내 주세요
나와의 인연은
여기까지였다고
그동안 고마웠다고
나와 함께해 줘서
행복했다고
말하며
보내 주세요
마치 없었던
물건인 양
잊어버리세요

추억에 사로잡혀
올가미에 옭매이지 말고
잃어버린 물건은
돌아오지 않기에
찾으면
찾을 수 있을 거란
희망이 미련으로
집착으로 변하기 전에
잊어버리세요
잃어버린 물건은
잃어버린 채로
보내 주세요

12. Father's DNA

나에게도 아버지의
유전자가 남아 있겠지
가끔씩 나도 모르게
발현되는 아버지의
유전자가 당혹스러워
나는 좋은 아버지가
될 수 있을까
내가 아버지를 해도
되는 것일까
이 유전자를 남기는 것이
맞는 것일까
그래도 되는 것일까
Father's DNA
Father's DNA
Father's DNA

내가 아버지가 되면
좋은 아버지가

될 수 있을까
나도 아버지가 되면
아버지와 다를 게 없겠지
날 닮은 자식도
유전자를 받아
똑같아지겠지
역사는 반복되겠지
이 유전자를 남기는 것이
맞는 것일까
그래도 되는 것일까
Father's DNA
Father's DNA
Father's DNA

그래 내가 할 수 있는 일은
이 유전자를 끊는 일이겠지
이 유전자는 이어져서는 안 돼
이 유전자가 이어진다면
대는 대를 이어
줄줄이 고통받겠지
이 유전자는 세상에
존재하면 안 되는 것이겠지
이 유전자를 남기는 것은

맞는 게 아냐

그래야 하는 것이야

Father's DNA

Father's DNA

Father's DNA

#정규_14집

Voice

1. 가짜의 진짜

Real in fake 

모두 가짜로 시작하는 거지
처음부터 진짜는 없어
처음엔 모두가 가짜야
진짜란 없어
가짜는 가짜인 채로 살아가
남들은 가짜라고 욕을 하지
가짜인데 진짜인 척을 한다고
이때쯤 가짜는 선택해
가짜의 삶을 그만둘지
가짜의 삶을 계속 살지
가짜의 삶을 계속 살아가는
사람은 욕을 들으며 나아가
한 개 두 개 세 개
가짜의 이름을 달고 살아가
가짜도 마음이 편하지 않아
자신도 가짜라는 것을 아니깐
그래도 가짜의 마음에는
진의가 들어 있어

가짜도 진짜의 마음으로 한다는 거지
웃긴 게 뭔 줄 알아
가짜의 개수가
쌓이고 쌓이다 보면
남들은 가짜를 진짜라 불러
가짜가 진짜라고
말하지 않아도
진짜라고 불러줘
진짜로 인정받아도
욕은 계속 먹어
누가 진짜에게 욕을 하냐고
앞에서 말했던
가짜의 삶을 그만둔 사람들 있지
그 사람들이 욕을 해
자신은 이루지 못했는데
가짜는 진짜가 되었다고

2. 나약해지지 마

Don't be weak 

왜 나약해지는 것일까

과거에는 아무것도

아니었던 일에

한숨부터 나오는 것일까

육체의 노화 때문이라는 것은

말이 되지 않는다

이는 안락한 삶에

익숙해졌기 때문에

나약해진 것이다

정신력이 약해진 것이다

편한 것에 익숙해져

힘든 일은 하기

싫어진 것이다

정신이 나약해질수록

육체도 병약해진다

쉬운 것만 하려 하고

힘든 것을 하지 않는다면

육체는 점점 약해질 것이다

육체가 약해지면

육체가 아프다는

이유를 들며

정신 또한 약해질 것이다

정신력이 강해야 한다

결국 몸을 움직이는 것은

정신이다

나약해지면 안 된다

나약해지면 병든다

나약해지면 죽는다

3. 나의 목소리

My voice

2023년 2월 21일 화요일

23시 47분

이 목소리는 또 하나의 기록

나의 목소리는

내가 죽어서도

살아가겠지

나의 목소리는

지구가 멸망할 때까지

남아 있겠지

나의 목소리는

영원히

떠돌겠지

나의 목소리는

현재의 생각을

미래로 보내는

기록물

심상율이라는 사람은

저 시대에

저런 생각을 하며
살아갔구나
전달할 수 있겠지
시간이 지나면
나의 생각이
부끄러워질 수 있고
나의 생각이
잘못됐을 수 있지만
그것 또한
하나의 기록
나의 목소리는
시대를 살아가는
기록물
나의 목소리는
미래를 위한
역사적 사료
나의 생각은
나의 목소리로
미래를 살아가겠지
나의 생각이
더 나은 미래를 위해
영향을 미칠 수 있다면
나는 쉬지 않고

나의 목소리를

남기겠어

영원히

미래를 향해

나아갈

목소리를 위해

4. 내일은 없어

There is no tomorrow

오늘 해야 할 일을
미루고 계시진 않나요
체력이 없어서
집중이 안 돼서
힘들 것 같아서
지금 해야 할 일을
내일로 미루고 계시진 않나요
내일이란 게 있나요
어제 오늘 내일
정말 어제가 있고
정말 내일이 있나요
오늘만 있지 않나요
어제는 오늘의
내일이었고
내일이 되면
오늘이 되겠죠
내일은 오늘이지 않나요
내일이 있어서

내일로 미룬다면

내일의 내일은

내일의 내일의 내일은

내일의 내일의 내일의 내일은

내일의 끝이 있나요

내일은 없습니다

오늘만 있을 뿐

오늘에 최선을 다하세요

내일은 없습니다

5. 먼 미래에도 사랑을 할까요

Shall we love in the distant future 

먼 미래에도 사랑을 할까요
먼 미래에도 사랑을 알까요
눈에 보이지 않는 사랑을
존재한다 생각할까요
사람의 유전정보를
수치화하여 등급을 나눠
신분제 사회보다 비극적인
등급제 사회가 되지 않을까요
우수한 유전자를 가진 사람은
우수한 유전자를 가진 사람과
열등한 유전자를 가진 사람은
열등한 유전자를 가진 사람과
유전자를 조작하지 않을까요
사람이 아기를 낳는다는 것을
미개하다고 생각하지 않을까요
서로 합의로 수정한 유전자를
캡슐에 키우지 않을까요
출산을 한다는 것은

동물이나 하는 것이라고
생각하지 않을까요
먼 미래에도 사랑을 할까요
먼 미래에도 사랑을 알까요
먼 미래에도 화끈함을 알까요
먼 미래에도 짜릿함을 알까요
먼 미래에도 눈맞음을 알까요
먼 미래에도 사랑을 알까요
먼 미래에도 사랑을 할까요
먼 미래에도 이 느낌을 알까요

6. 모두에게 사랑받을 순 없지

I can't be loved by everyone

나를 싫어하는 사람이 있어
이유가 있어서
싫어하는 사람도 있고
이유 없이
싫어하는 사람도 있어
누군가에게
미움을 받는다는 것은
심적으로 힘든 일이지
저 사람의 마음을
돌릴 수 있을까
저 사람도 나를
사랑해 줄 수 있을까
고민을 해
하지만 말이야
모두에게
사랑받을 순 없어
나를 싫어한다면
싫어하는 대로

그냥 두자
대신 나를
사랑해 주는 사람에게
집중하자
나를 사랑해 주는
사람에게
사랑을 주기에도 바빠
사랑을 주고받기에도 바쁜데
어떻게 싫어하는 사람까지
신경 쓰겠어
모두에게
사랑받을 순 없지
그건 당연한 거야
이런 사람이 있고
저런 사람이 있어
세상에는 다양한
사람이 있어
나를 싫어한다면
싫어하는 것도
존중해 줘야지
어떻게 모두에게
사랑받겠어

7. 선의의 거짓말

White lies

선의의 거짓말은
정말 선의일까
선의의 거짓말이라는
단어 자체가
성립이 가능한 것인가
선의의 거짓말을 한
당사자는 선의일지라도
듣는 사람에게는
악의가 될 수 있다
선의의 거짓말은
진실을 은폐한다
은폐된 진실은
거짓말을 낳는다
거짓말은
거짓말을 낳는다
진실은 언젠가
밝혀지기 마련이다
진실이 밝혀진

선의의 거짓말은

그냥 거짓말이 된다

거짓말은 악의다

고로 진실을 은폐한

거짓말은 악의가 된다

선의의 거짓말에

선의는 없다

진실을 가리는

거짓말 중

하나일 뿐이다

8. 어영부영 세상

Sloppy world 

세상은 어영부영 돌아가

너무 어영부영이라

세상이 돌아가는 것이

신기할 따름이야

다들 적게 일하고

돈 많이 벌고 싶잖아

탱자탱자 놀다가

정시퇴근하고 싶잖아

다들 그래

다들

나뿐만 아니라

내 옆에 있는 사람까지

모든 사람이

똑같은 생각을 하고 있어

다들 그렇게

어영부영 맞물려서

세상이 돌아가

그래서

자기가 똑똑해야 해
나의 문제를 해결해 줄
사람은 없다는 것이지
이 어영부영 세상에서
살아가려면
스스로 똑똑해야 해
다른 사람은 나의 문제를
해결해 줄 수 없어
이 어영부영 세상에서는
똑똑하지 않으면
살아남을 수 없어
세상은 어영부영 돌아가

9. 영광스러운 최후

Glorious end

나에게 영광스러운
최후를

나에게 시시한 최후 따윈
가당치도 않아
화끈하게 살다
예술로 가는 거야
하품이 나오는 최후는
바라지도 않는다고
늙어 빠져서
걷는 것조차 불편해
흔들의자에서
편히 눈을 감는 것은
나는 원하지 않는다고
병에 걸려서
침대에서 시름시름 앓다가
촛불이 꺼져가듯이
서서히 다가오는 최후는

뜨겁지 못하다고

이런 최후는 누구에게도

주지 말란 말이야

재밌는 걸 원해

화끈한 걸 원해

가슴 뛰는 최후를

맞이하고 싶다

최후에 영광을

얻고 싶다

나에게 영광스러운

최후를

10. 예지몽

Precognitive dream

꿈을 꾸었다
정말 현실적이지만
너무 이해되지 않는
꿈을 꾸었다
내가 왜 이 장소에
내가 왜 이 시간에
내가 왜 이 사람과
내가 왜 이 행동을
하고 있는 것일까
이해가 되지 않는다
지금의 나에게선
너무나 어색하다
그러나 이 꿈은
짧게는 몇 달
길게는 몇 년
어느 시간인지는
모르지만
언젠가는 현실로

나타날 꿈이다
이 꿈은 미래를 향한
확인 지점이 된다
이 꿈이 여기서
실현되는구나
생각지도 못하게
실현된다
꿈이 실현되었을 때
내가 잘 살고 있었구나
느낀다
요즘은 예지몽을
꾸지 않는다
그래서 조금 불안하다
그러나 역으로 생각하면
이제 미래를
보여주지 않아도
미래를 개척할 수
있다는 뜻이겠지
나는
미래를 보는
꿈을 꾸었다

11. 한정판

Limited edition

세상에는 한정판이라
불리는 물건들이 있어
그 물건을 사려고
노숙을 하며 줄을 서는
사람들도 있어
그렇게 추위와 더위를
견디면 산 물건은
온도와 습도를 맞춰주며
하나의 변함도 없게
애지중지하며
신줏단지 모시듯이
정성을 다해

생각해 보면
세상에 한정판이
아닌 물건도 있나요
세상 모든 물건은
다 한정판입니다

심지어 전 세계에
단 하나뿐이고
대체할 수 없는
당신은 왜
소중하게 다루지 않나요
한정판도 이런
한정판이 없습니다
당신의 몸은
저 한정판 물건보다
못한 것입니까
이 한 번뿐인
인생이란 한정판을
소중하게 다루세요
당신은 한정판입니다

12. 활기찬 아침

Lively morning

아 개운하다

오랜만에 잘 잤네

하늘 쾌청한 것 봐

기분 좋다

어디 한번

활기찬 아침을

시작해 볼까

치아도 뽀독뽀독 닦아 주고

얼굴도 어푸어푸 씻어 주고

머리도 찰랑찰랑 감아 주고

여유롭게 커피도 한 잔 내려볼까

지성인이라면 아침 신문도

빼먹을 수 없지

시간도 남았는데

오랜만에 토스트 하나 해 먹을까

식빵도 굽고

달걀도 굽고

쿰쿰한 치즈

싱싱한 양상추
입맛에 딱 맞는 소스까지
매일 아침이 이렇게
여유롭다면 얼마나 좋을까
옷도 천천히 골라야지
오늘은 기분 좋으니
밝은 옷으로 입자
자 그럼 나가볼까

아우 머리 아파
꿈에서도 출근하네
몇 시야 지금
아 늦었다
아침이 활기찰 리 없지

#정규_15집

Miserable

1. 각본보다 더한 현실

Reality worse than the script

세상에서
가장 유능한
작가가
각본을 써도
현실을
못 따라가
아무리 각본이
신선하고
충격적이고
막장이더라도
현실에서는
그보다 더한
일들이
벌어지고 있어
인간의 상상력이
아무리
무궁무진하고
독창적이라도

상상력은

상상력일 뿐이야

상상은

현실을

벗어나지 못해

현실은

상상하지 못하는

상식이

통하지 않는

예측할 수 없는

일들이

벌어지고 있어

현실은

무서운 곳이야

상상으로 만든

허상의 세계보다

더욱

잔혹한 곳이

현실이야

각본을 보며

말이 안 된다고

일어날 수

없는 일이라고

욕을 하지만

현실에서는

그보다 더한 일들이

벌어지고 있어

어쩌면

각본 속 세상이

평화로운

세상일지도 몰라

각본보다

더한

현실이니깐

2. 공명정대한 돈

Honest money 

세상이 따뜻하다고
말하는 위선자들이 있어
이론적으로만 완벽한
이상의 세계를
말하는 자들이 있어
그런 자들보다는
돈을 밝히는 게 나아

돈이 더럽고
불순하다는
자들이 있어
사람과 사람이
서로 돕고 살아가면
돈이 필요 없다
말하는 자들이
누구보다
돈을 좋아하는
사람들이야

남들의
주머니 털기
바쁘지
교활한 말로 말이야

돈은 순결해
돈은 무결해
돈은 배신하지 않아
배신하는 것은
사람이지
인맥을 밝히는 것보다
도박을 밝히는 것보다
유흥을 밝히는 것보다
돈을 밝히는 게 낫지
돈을 목표로
자기발전을
할 수 있잖아
더 많은 돈을
벌기 위해
자신을 단련하고
자신을 수양하고
발전시키는
원동력이 되잖아

대신 타인에게
피해를 주면 안 되지
돈은 잘못이 없어
돈은 공명정대하지

3. 더러운 승리

Dirty victory

영광의 패배가 어딨어
졌지만 잘 싸운 게 어딨어
박수받는 패배보다
야유받는 승리가 낫지
감동을 주는 패배
영감을 주는 패배
아름다운 패배
결국 패배일 뿐이다
역사는 승자의 기록으로
채워지는 법이지
추악하고
더럽고
역겨워도
승리는 승리일 뿐이야
승리한 자가
모든 것을 가져가
패자는 승자를 위한
조연일 뿐이지

치열하고

처절하고

끈기 있게

싸워봐야

승자를 더욱

빛나게 하는

화려한 연출일 뿐이야

더러우면 어때

추잡하면 어때

이기면 모든 것이 청산돼

어차피 세상은

승자만 기억해

패자는 내일이 되면

잊히지

어떻게든 이겨

더럽다고

야유받더라도 말이야

4. 무한 경쟁

Endless competition 

탯줄을 자르는 순간
시작되는 무한 경쟁
다른 아기에게
뒤처질 수 없어
가만히 누워 있지만
창의력에 샘솟는
모빌
계속 틀어 놓는
영어 뉴스
옆집 애보다
무엇이든 빨라야 해
누구보다 빨리
말문이 트고
누구보다 빨리
걸어야 해
우리 아이가
1등이어야만 해
2등은

기억해 주지
않는 세상
1등이 아니면
의미 없어
어디를 가든지
1등이어야 해

경쟁을 세뇌받은
아이는
어린이집
유치원
초등학교
중학교
고등학교
대학교까지
경쟁
경쟁
경쟁
경쟁자보다 앞서야 해
어디서든지
최고야만 해
추월은 허락하지 않지

사회는 더 심해
순위가 곧 실적
실적은 곧 재화
재화는 곧 성공
경쟁
경쟁
경쟁
라이벌은 용납하지 않지
독보적인 승리를 원하지
경쟁의 끝이 없어
경쟁을 경쟁하며 살아가
경쟁
경쟁
경쟁

이제 그만할 수 없을까
이런 사람들이
나중에 갈 때도
내가 먼저 가니
네가 먼저 가니
경쟁한다니깐

5. 빌린 것

Borrowed

삶을 살아가면서
빌리지 않은 것이 있나요
소유한 물건
점유한 물건
본인 명의의 물건
다 자신의 것이라
생각하나요
그럼 당신이 죽어도
당신의 물건인가요
살아가면서
사용하는 것들은
모두 빌린 것입니다
이 육체
이 공기
이 바람
이 햇살
모두 빌린 것입니다
평생 살아가는 동안에

잠깐 빌리는 것입니다
모두 자신의 것이라
생각하지만
이 지구에 잠깐
얹혀살다가
떠나야 하기에
빌린 모든 것들을
소중히 사용하고
돌려줍시다
우리가 가진 것은
없습니다
잠시 빌린 것입니다

6. 세상에 무심해

Indifferent to the world 

세상에 무심해질

필요가 있어

나의 하루는

정해져 있고

나의 기력도

정해져 있어

세상 흘러가는

모든 일에

신경을 쓴다면

나의 정해진

시간과

나의 정해진

기력은

허튼 곳에

사용돼 버려

나의 오늘에

일어나는

사소한 사건에

무심할 필요가 있어
타인이 나에게
무례한 행동을
하였더라도
웃으며 넘어가
내 일에 쓸 힘이
아까우니
사소한 오해로
답답한 상황이 생겨도
무심하게 넘어가
내일에 쓸 시간이
아까우니
내가 해야 할 일 외에는
무심해질 필요가 있어
세상을 신경 쓰기에는
시간이 아까워
세상을 신경 쓰기에는
기력이 아까워
내가 해야 할 일에만
신경을 써야 해
내 인생이
아까우니

7. 이 정도면 됐지

That's enough

자신도 모르게
자신을 설득하는
말이 있어
이 정도면 됐지

이 정도면 됐지 라며
자신을 설득해
더 할 수 있지만
힘들고 지치니깐
최선의 결과라고
생각하게 만들어
자신도 알아
노력을 하고
공을 들이고
열심히 했다는 거
그런데
이 결과물이
최고의 결과물이

아니라는 것은
자신의 마음
깊숙한 곳에서
소리치고 있어

이 정도면 됐지
정말 이 정도면 될까
이 정도면 됐다고
생각하는 순간
더는 발전할 기회가 없어
만족하지 말고
자신을 조여야 해
한계에 부딪혔을 때
그 한계를 부숴야만
자신의 발전을 이룰 수 있어
이 정도면 됐다는
생각을 하면
바뀌는 것은 없어
발전할 수 있는데도
만족하여
아무것도 하지 않는다면
바뀌는 것은 없어
항상 제자리인 거지

8. 자식 지갑

Child wallet

자식을 지갑으로만 보는
부모가 있다
자식의 미래보다
자신의 십 원이
더 중요하다
교육의 중요성을 모른다
대학에 가봐야
무엇이 바뀌냐며
공장이나 들어가라 한다
이 부모는 학군이 좋은
동네가 왜 비싼지
알지 못할 것이다
생각하는 힘과
인맥은 어디서 오는지
알지 못할 것이다
자식을 돈으로만 본다
그렇다고 성공을
바라는 것도 아니다

자식의 임금이 많아지면

지원금을 받지 못한다며

임금이 적은 일을

하라 말한다

그렇지만

자식의 돈은

좋아한다

자기가 낳고

기른 자식이니

자식의 재산도

자신의 재산이라

생각한다

자식은 지갑이다

언제든지 뽑아 쓰는

지갑이다

그렇다고

잘 키운 것도 아니다

방치와 방임으로

키웠다

그런데

키워준 값을 원한다

이렇게

가난해지는 법을

교육한다
가난의 대를 잇는 방법을
가르친다
그렇게
가난은
대물림된다
어쩌면
당연한 것일지도
모른다
성공을
생각해 본 적이 없기에
성공을
이루어 본 적이 없기에
가난을
교육할 수밖에 없다

9. 중2병

Sophomoric illness 

중2병
현재진행 중

나를 가로막는 것은
아무것도 없지
아무도 나를
막을 수 없지
나는 세상과
타협하지 않았어
나는 세상에
맞추지 않았어
내가 세상의 중심이야
나만의 세계가
있으면 어때
오글거리는
말을 하면 어때
공상에
빠져 있으면 어때

이게 나인걸
나는 중2병을 고치지 않았어
세상의 틀에 맞추지 않았어
세상의
눈치를 보며
아무것도
하지 않는다면
아무것도
이룰 수가 없지
세상이 나고
내가 세상이야
오글거린다고
진지하다고
듣기 싫다고
핀잔과 눈치를 줘도
어쩌라고
나는 내가 하고 싶은 말을 하고
내가 하고 싶은 것을 하고 살 거야
세상의 기준에
나를 맞추려 하지 마
세상이 나고
내가 세상이야

10. 증명의 가난

Poverty of proof

왜 가난만 증명해야 해
부자는 부자라고
증명하지 않아도
부자인 것을 알고
세금 잘만 걷어 가는데
왜 가난만 증명해야 해
가난한 사람도
사람이야
사람
돈이 없어도
사람이야
사람
돈이 없어도
사람 취급해
달란 말이야
가난을 증명하기 위해
이 사람 저 사람 만나고
이 서류 저 서류 떼오고

생전 듣도 보도 못한
종이들을
들고 오라는데
좀 알려 주면
어디 덧나
돈 없는 것도 비참한데
이것저것 알려 달라고
고개 숙이고
허리 숙여서
비굴하게
물어야 해
가난한 사람도
사람이야
사람
돈이 없어도
사람이야
사람
돈이 없어도
자존심은 있어
비굴하고 비참해서
가난을 증명 안 해
돈이 없는 것이
죄냐

대한민국 법에

가난한 자는

인권이 없다고

적어 뒀냐

사람이야

사람

똑같은

사람이야

11. 찐따의 냄새

The smell of jjinta

누진한 찐따의 냄새

찐따의 냄새는
숨길 수 없지
멀리서도
풍겨오는 냄새는
맡으려 하지 않아도
맡아지는
지독한 악취지
찐따의 냄새는
사라지지 않아
세상에 있는
그 어떤
향수를 뿌려도
가릴 수 없지
우선
외적인 모습부터
관리가

되어 있지 않아
방치되어 있어
자유분방하지
사고방식도 달라
다른 사람들은
상상도 하지 않는
기괴한 망상을
음흉하게 펼쳐가지
그러니 정상적인
대화 한마디
할 수 없지
기괴한 얼굴로
음흉한 미소와
알 수 없는 말만
뱉어 내지
자신의 생각만이
정답이라 생각해
세상의 변화
세상의 흐름
그 모든 것을
부정하지
꼭 혼자만
다른 세계에

살아가는 듯해
찐따의 냄새는
코로 맡는 것이 아니야
눈으로 맡는 것이야
눅진한 찐따 냄새는
숨길 수 없지

12. 창피란 덕목

Virtue called shame 

성공하기 위해

과정을 거치다 보면

창피를 당해야 할

상황이 생겨

이 순간에서도

어느 정도

성공한 상태라

자존심이 있어

고개를 숙이기 어렵지

그러나

고개를

숙이지 않는다면

앞으로 나아가기는커녕

이루어 왔던

모든 것을

잃고 말 거야

창피를 당해야 할

일이 생긴다면

고민하지 말고

바로

고개 숙여야 해

이건 앞으로

나아가기 위한

시험일 뿐이야

잠깐 창피하면 어때

모양 빠지면 어때

자존심 상하면 어때

모든 것을 잃는 것보다

창피한 게 낫지

고개 숙이는 게

뭐가 어려워

자존심 하나만

버리면 되는데

창피를 당해야만 하는

상황이 생긴다면

모면할 생각하지 말고

바로 고개 숙여야 해

그렇게

어려운 일 아니잖아

#정규_16집

Challenge

1. 100년

100 years

1896년에 태어난
아무개도
1923년의 세상을 살면서
급변하는 세상에
미래가 두려웠겠지

1996년에 태어난
심상율도
2023년의 세상을 살면서
급변하는 세상에
미래가 두렵다
매일 새로운 기술이
공개된다
어릴 적 미래를 상상하며
그렸던 그림이
눈앞에 나타나니
두렵다
세상에 뒤처질까

두렵다

적응하지 못할까

두렵다

기술의 연속성이란 사슬에

하나라도 끊어지면

따라가기 힘들다

세상에 발맞춰 뛰고 싶지만

이미 뒤처지고 있음을 느낀다

하지만

세상은 기다려 주지 않는다

낙오된 사람은 버려진다

그래도 살아남아야지

어쩌겠는가

2096년에 태어나

2123년의 세상을 살아갈

아무개에게 전한다

100년 전의 사람도

세상이 두려웠음을

2. 곧 봄

Spring soon

봄이 왔다 생각하면
어김없이 찬바람이
불어오네요
이 찬바람은
아직은 떠나기 싫은
겨울의 앙탈이겠지요
그렇다고
언제까지나
웅크리고 있을 수만은
없겠지요
모든 일에는
순서란 게 있지요
떠나야 하는 이는
떠나야 하고
피어야 할 것은
피어나야겠지요
꽃샘바람이
불어온다는 것은

봄이 멀리 있지 않다는
끝자락 겨울의
외침이겠지요
겨울은 차갑기만 한 줄 알았더니
따뜻한 면도 있군요
꽃샘바람이 불면 곧 봄이겠지요
이제 곧 맞이할 꽃 봄이겠지요
우리도 이제 곧 보겠지요

3. 너의 전화번호

Your phone number 

나의 전화번호부에서
너의 전화번호가
지워진 지
오래지만
너의 전화번호는
여전히
나의 무의식 속에
남아 있다
평소에는
전혀
생각나지 않는
열 한자리
번호지만
너의 전화번호는
불현듯이
재생된다
네가 생각날 때면
머릿속에서

너의 전화번호가

울린다

전화기를 들어

손가락도

기억하는

너의 전화번호를

누른다

그러나

통화연결을

누르지 못한다

지워지지 않는

너의 전화번호지만

전화하면

안 된다는 것은

가슴 깊숙이

알고 있다

어떻게

너의 전화번호를

잊을 수 있을까

매일 숫자 하나하나

눌러 가며 걸었던

전화번호인데

지워지지 않는

숫자인데

어떻게

너의 전화번호를

지울 수 있을까

4. 도전 또 도전

Challenge again challenge 

진정한 실패가
무엇인지 알아
바로 도전하지
않는 것이야
누구나 참신한
생각 하나쯤은
가지고 있잖아
실행하지 않고
생각만
한다는 것이
문제지
생각을 했으면
한번 뛰어들어 봐
도전은
돈이 없어서
못 한다 말하고
도전은 금수저나
하는 것이라 말하는

사람은
도전 한번 안 해본
사람이야
돈이 없어도
도전할 수 있어
생각만 있다면
못하는 도전은 없어
도전에 실패란 없어
성공으로 가는 길을
알아가는
과정일 뿐이야
왜 스스로
가능성을 제한해
하고 싶은 것
다 해봐
가슴 뛰게 하는 일은
다 해봐
경험은 무엇으로도
못 구해
도전 또 도전
끝이 없는
도전을 해

5. 도전할 용기

Courage to challenge 

난

겁쟁이였어

모든 일에

핑계를

만들었어

경쟁자가 많아

너무 어려워

나에겐 필요 없어

응시료가 비싸

전부 핑계였어

사실 무서워서

핑계를 만들었어

낯선 것을

시도하는 게

두려웠어

그래서

도전조차

하지 않았어

낯선 글자
낯선 사람
낯선 장소
낯선 것이
무서웠어

난
겁쟁이였어
이런 나에게
도전할
용기를 준
사람이 있어
왜 해보지도 않냐고
새로운 것을
배우는 게
재밌지 않냐고
같이 도전해 보자고
함께해 주겠다고
이건 재밌는 놀이라고
나에게 도전할
용기를 주었어
같이 도전한
모든 것들이

재밌는 놀이가 되었어

더는 두렵지 않았어

이제 나에게

그대는 없지만

새로운 도전이

여전히

재밌는 놀이로

남아 있어

덕분에

용기를 얻었어

6. 무운의 행운

Good fortune in war 

강해져야 한다
단련과 수행
무장과 훈련
힘을 길러야 한다
체력을 길러야 한다
정신력을 길러야 한다
나에게 언젠가는
큰 시련이 올 것이다
시련에 지지 않기 위해
강해져야 한다
그 시련이 두렵다
그러나
시련을 이겨 내면
나는 영광을 얻을 것이다
지금의 처절한 성장은
미래의 영광을 위한
극심한 성장통일 뿐이다
최후에는 모든 것이 끝난다

응원은 필요하지 않다

용기도 필요하지 않다

그런 걸 어디에다 쓸 수 있는가

현실적인 지원이 필요하다

나에겐

행운이 아닌

현궁이 필요해

앞으로 마주칠 시련은

강력할 테니

아무 위력 없는

영혼도 없는

말 한마디 말고

강력한 무기를

지원해 줘

그게 무운에 좋으니

7. 쉬는 시간 10분

10 minutes of break time 

학창 시절의

쉬는 시간

10분은

엄청나게 긴 시간이었어

쉬는 시간

10분 동안

건물 5층에서 내려와

운동장을 가르고

정문 옆에 있는

매점에서

빵을 사고

전자레인지에

2분을 데워 먹고

화장실까지

다녀와도

시간이 남았어

바쁘게 움직이는 것도

아니었어

천천히 움직여도

10분 안에

모든 것을

해결했어

쉬는 시간

10분 동안

친구를 찾아가

담소를 나누고

친구와 캐치볼도 하고

공을 차기도 했어

성인이 된 지금은

10분이 너무 짧아

아무것도 하지 않아도

10분은 그냥

흘러가 버려

숨만 쉬었는데도

10분은 그냥

사라져 버려

시간이 빨라진 걸까

내가 느려진 걸까

그 시절의

쉬는 시간 10분은

정말 길었어

8. 약속의 무게

Weight of promise

약속을 했으면
지켜야지

약속의 무게가
가벼워졌다
약속을 하면
지키는 것이
당연한 것이었다
약속의 무게는
그 어느 것보다
무거운 것이었다
나의 신의와
너의 신의가
합한 무게의 값이
약속이었다
약속은
무슨 일이 생겨도
지키는 것이었다

약속한 시간에

약속한 장소에

약속한 사람을

기다리는 것이

당연했다

약속된 시간에

사람이 오지 않는다면

기다리는 것이

당연했다

약속을 했기 때문에

약속은

그런 존재였다

요즘은 약속이 가볍다

쉽게 약속을 잡고

쉽게 약속을 깬다

약속의 무게가

가벼워진 것일까

언어의 무게가

가벼워진 것일까

신의의 무게가

가벼워진 것일까

9. 졸병의 의지

Pawn's will 

아무도 졸병을
신경 쓰지 않지
최전방에 세워진
졸병은
장군을 위해
기회를 만들
희생양으로 생각하지
남의 생각은
신경 쓰지 않아
비록 졸병일지라도
한걸음 전진
한걸음 전진
적진으로 들어가
느릿느릿 한 졸병은
아무도 신경 쓰지 않아
장군과 장군끼리
싸우기 바쁘지
한걸음 전진

한걸음 전진
뒷걸음은 없어
기마병이 달려 나가고
사방에 포탄이 떨어지고
화살이 땅에 박히는
소리가 들려
두려움을 무릅쓰고
한걸음 전진
한걸음 전진
나의 둥지와
적의 둥지는
이미 초토화되어 있어
궁을 지키는
병사조차 없어
글공부만 한 문신은
졸병을 보고
도망치기 바빠
혼자 남은 왕은
졸병인 나에게
살려달라 애원해
지금 졸병이면 어때
끝은 왕일지도 모르는데

10. 착한 여자 나쁜 남자

Good girl bad boy

착한 여자가 있어
사고 싶은 것만 사고
관심 있는 것만 보고
듣고 싶은 것만 듣고
먹고 싶은 것만 먹고
하고 싶은 것만 하는
세상 물정 모르는
동화 속의 공주 같은
착한 여자가 있어

나쁜 남자가 있어
착한 여자만
골라서 잡아가는
나쁜 남자가 있어
나쁜 남자는
착한 여자를 발견하면
작업을 시작해
착한 여자는

나쁜 남자가

나쁜 남자라고

판단하지 못해

남자라고는

관심이 없었으니

원래 남자란 생물이

이런 생물이구나

생각하고

나쁜 남자에게 끌려

그렇게

착한 여자는

나쁜 남자를 만나

재물과 젊음

이성과 감성

모든 것을 강탈당해

착한 여자는

걸레짝이 되어 버려

그렇게

이용만 당한

착한 여자는

버려져

나쁜 남자는

또 다른

착한 여자를 찾으러 가

착한 여자는

남자를 몰라

나쁜 남자를 만나

11. 토요일 12시 35분

Saturday 12:35

커튼 사이로
비치는 햇살
창문 사이로
스치는 바람
느지막이
잠에서 깬
토요일 12시 35분
기분 좋은 적막
조금씩 음미하는
여유
커튼을 걷으니
쏟아지는 온기
창문을 젖히면
들이치는 공기
신선함에
한 번의 심호흡
조급함이란 없는
토요일 12시 35분

잔잔한 음악
따뜻한 커피
신비한 소설
이보다 좋은 게 있을까
토요일 12시 35분

12. 회상의 노래

Song of recollection

타임머신은
이미 존재한다
엄지손가락만 한
MP3 플레이어 안에는
나를 과거로 보내 주는
타임머신이 들어 있다
MP3 플레이어 안에
들어 있는
노래 목록들은
몇 년도 몇 월에
도착할지
기록해둔 좌표다
그 좌표를 따라
나는 과거로 간다
그때의 노래를 들으며
그때를 열람한다
이 노래와 함께
기록한 장면을 열람한다

희미한 미소가 띤다

기분이 좋다

나는 지금 10대의

어느 날에 있다

노래는 절정으로 향한다

심장 박동이 빨라짐을 느낀다

눈시울이 붉어진다

노래가 끝을 향해 달린다

천천히 눈을 뜬다

나는 그 시절에

다녀왔다

#정규_17집

Vestige

1. 99와 100

99 and 100 

99는 100이 아니야
99를 만들기 위해
힘들었다는 것
고생했다는 것
노력했다는 것
부정할 수 없지만
99는 100이 아니야

99는 완성에
도달하지 못한
미완성이야
99는 100과 가깝지만
100에는 도달하지 못했어
100을 지나쳐야
완성인 것이야
완성되지 않은 것은
0과 다르지 않아
비록 99가 되었더라도

미완성일 뿐이야

100을 지나치는 것은 괜찮아

101은 100을 지났지만

완성에 도달했던 것이야

101은 지나치지만

완성되었던 것이지

모자라는 것보다

넘치는 게 낫지

미완성은 완성이

될 수 없으니깐

2. 누구나 엄마가 필요해

Everyone needs a mother

누구나 엄마가 필요해

우리는 모두 몸만 큰 아기야
누구나 응석을 부리고 싶고
누구나 앙탈을 부리고 싶고
누구나 위로를 받고 싶고
누구나 안정을 받고 싶어

우리는 모두 몸만 큰 아기야
나의 편이 필요해
내가 무슨 일을 저질러도
나의 편이 되어 줄
사람이 필요해
나의 뒤를 봐줄
사람이 필요해
내가 언제나 기댈
사람이 필요해
그런 사람은

엄마밖에 없어

나에겐 엄마가 필요해

엄마도 엄마가 필요해

노인도 엄마가 필요해

누구나 엄마가 필요해

우리는 모두 몸만 큰 아기야

엄마

엄마

엄마

3. 다양한 인생

Variety of life

어린 시절에는
다양한 인생이
있다는 것을 몰랐어
9시에 출근해서
6시에 퇴근하고
정해진 날에
또박또박 들어오는
월급을 받으며
살아가는 인생이
전부인 줄 알았어
세상 모든 사람이
직장인인 줄 알았어
참 어린 생각이었어
인생은 다양해
그 누구도
정해진 삶은 없어
사회가 규정한
삶은 없어

한 명의 사람이
자신의 인생을 사는 거야
한 사람 한 사람당
각자의 인생을 사는 거야
인생의 숫자는
사람 수만큼인 거야
세상을 살아가는
방식은 모두 달라
인생은 다채로워

4. 만둣집

Mandu house

백발의 할머니가
만두를 찐다
허름한 차림의
아저씨들은
말없이
만두를 먹는다
오직 벽만을 바라본 채
만두를 먹는다
조용한 적막은
단무지 씹는 소리에
깨진다
어떠한 말소리도
들리지 않는다
늦은 점심을 먹는
아저씨들은
이곳이 고독을 만끽할
유일한 쉼터일 것이다

만두 한 점에
억압을 내려놓는다
만두 한 점에
핍박을 내려놓는다
만두 한 점에
근심을 내려놓는다
만두 한 점에
가장을 내려놓는다

만둣집 찜기에서
솟구치는 수증기에
가장의 무게를
날려 보낸다

5. 말투

Accent

그대를 기억 속에서
다 지웠다
생각했지만
나의 내면
깊숙한 곳에
그대의 말투가
살아간다

그대와 대화한
비슷한 상황이 오면
나는 그대와 똑같은
말을 내뱉는다
말을 내뱉고는
흠씬 놀란다
내가 그대와 같은
말을 했다는 것에
큰 충격을 받는다
말은 좋은 말보다

나쁜 말이 더
오래 남기에
나는 그대가 했던
나쁜 말을 내뱉는다
나의 내면에는
그대가 산다
벗어났다
생각했지만
오히려
깊숙한 곳에
자리 잡아 버렸다
나는 그대를
벗어날 수 없구나

6. 부탁하는 용기

Courage to ask

부탁하기 위해서는
보이지는 않지만
많은 것이 필요하다
누군가에게
부탁하는 것은
온전히 자신을
내려놓아야 한다
자존심을 굽히고
부탁한다는 것이
얼마나 힘든 일인가
부탁하기 위해
얼마나 많은
망설임이 있었을까
부탁이라는 것은
자신의 능력으로
해결하지 못하는
상황을 마주했을 때
이 상황을

해결해 줄 수 있는
사람에게
청하는 것이기에
내가 숙여야 한다
말 한마디를 하기 위해
얼마나 많은
망설임이 있었겠는가
부탁하기 위해서는
보이지는 않지만
많은 용기가 필요하다

7. 수컷의 향기

Male scent

잘 다린 셔츠를 꺼내
단추를 채워
출근하는 것도 아니니
넥타이는 생략해
커프스를 채우고
머리를 단정하게 넘겨
시원한 향의 향수를 뿌려
기분에 맞는 시계를 차
내 용모는 내 것이 아니야
내 여자의 것이지
나 때문에 내 여자가
기죽으면 안 되지
이것이 바로
수컷의 향기지

조금은 거칠지만
내면은 부드럽게
말은 유려하지만

강단 있게
행동은 강력하지만
섬세하게
내 품위는 내 것이 아니야
내 여자의 것이지
나 때문에 내 여자가
기죽으면 안 되지
이것이 바로
수컷의 향기지

수컷은 수컷의 향기를 풍겨야 해
내 여자를 높이고
내 여자를 지키는
듬직한 수컷이 돼야 해
그것이 바로
수컷이지

8. 실패가 뭔데

What is failure

실패가 뭔데

난 실패가 뭔지 몰라

책 속의 이론만을

열심히 암기한

똑똑한 이론쟁이들은

성공의 요인을

찾기보다

실패의 요소를

분석하여

실패하게 되는

이유를 수없이

나열하지

계획을

분석하고

조사하고

검산하여

실패를 도출하지

그래서

이론쟁이들은

계획을 실현하지 않아

실패를 생각하지 마

분석으로 실패를

도출하지 마

잘못되는 것을

생각하지 마

실패를 생각하면

실패만 떠오를 뿐이야

실패를 생각하지 말고

행동으로 옮겨

어차피

예상대로

흘러가는 경우는 없어

9. 작은 행복

Small happiness 

불행이라 생각되는 것은
작은 행복으로
치환할 수 있다

아침에 일어나기 힘들어
불행하다는 생각이 들면
오늘도 눈을 떴다는
작은 행복으로 바꿀 수 있다

찬물밖에 나오지 않아
씻기가 힘들어
불행하다는 생각이 들면
찬물이라도 씻을 수 있다는
작은 행복으로 바꿀 수 있다

반찬이 없어
밥을 먹기 힘들어
불행하다는 생각이 들면

밥이라도 먹어 굶지 않는다는
작은 행복으로 바꿀 수 있다

눈을 붙여도
잠이 들지 않아 힘들어
불행하다는 생각이 들면
오늘도 무사히 잠자리에 들었다는
작은 행복으로 바꿀 수 있다

삶이 불행하다는
생각이 들면
살아 있다는
작은 행복으로 바꿀 수 있다

행복은 큰 것이 아니다
행복은 먼 것이 아니다
행복은 일상이다
작은 행복은
늘 곁에 있다

10. 잘했어

Good job

세상이 각박해
칭찬에 무색해
언제 마지막으로
칭찬을 들었는지
모르겠어
어린아이일 때는
모든 것에
칭찬을 들었어
잘했다는 말이
끊이지 않았어
나이가 들수록
세상은 각박해져
칭찬에 대한
기준이 높아져
언제 마지막으로
칭찬을 들었는지
모르겠어
나이가 들수록

칭찬 들을 일이 없어

칭찬은 고래도

춤추게 한다는데

사람은 춤만 추겠어

격려와 위로가

필요한 세상이야

세상은 너무나 모질어

세상은 너무나 빡빡해

그래서

나는 칭찬을 하려고

누구든지 힘을 얻을 수 있게

잘했어

11. 지팡이

Cane

누가 노인이 되어
지팡이를 짚을 거라
생각할 수 있을까
거친 세상에 맞서
싸우고 버티다 보니
엉망진창인
몸이 되어 버린 것이겠지
세상에 치여
노쇠해져 버려
더는 다리가
버틸 수 없게 된 것이겠지
삶의 무게를
지탱했을 두 다리
이제는
지팡이에 기대
모두 떠나
혼자인 노인에게
기댈 수 있는

유일한 버팀목이 된

지팡이는

짓눌렸던 삶의 무게를

대신 짊어지네

이젠 혼자가 아닌

삶의 무게

12. 철딱서니 없는 남자

Immature man 

철딱서니 없는
남자가 있어
마치 어린아이 같은
남자가 있어
마음에 들지 않으면
삐져 버리고
모진 말을 들으면
눈물 흘리는
철딱서니 없는
남자가 있어

철딱서니 없는
남자는
자신의 생각대로
되지 않으면
토라져 버려
상대방이
어떤 감정이든 간에

자신의 감정이 먼저인
철딱서니 없는
남자가 있어

철딱서니 없는
남자는
배려할 줄 몰라
상대방을
괴롭게 만들어
철딱서니 없는
남자는
아이와 같아
떼쓰고 삐지고
화내고 울어 버리는
아이와 같아

철딱서니 없는
남자가
사랑이라 생각했던
모든 행동은
집착이었어
아이가 가지고 싶은
물건을 손에 쥐고

떼쓰는 것 같은
집착이었어
손에서 놓지 않는
집착이었어

철딱서니 없는
남자는
남자가 아니야
그냥
어린아이야

#정규_18집

Direction

1. 가슴과 가슴의 거리

Distance between chest and chest 

가슴과 가슴은
마주 보고 있어야 한다
가슴과 가슴은
서로 마주 보고 있을 때
가장 가까운 거리지만
서로 등을 돌려 버리면
세상에서 가장
먼 거리가 된다
마주 보고 있지 않는
가슴과 가슴의 거리는
지구 한 바퀴가
되어 버린다
같은 공간에 있다고
가장 가까운 것이 아니다
서로를
마주 보고 있지
않는다면
세상에서

가장 멀리
떨어져 있는 것이다
가슴과 가슴은
마주 보아야 한다
서로를
마주 보아야 한다
마음과 마음은
마주 보아야 한다
같은 공간에 있다고
가장 가까운 것이 아니다

2. 개척자

Pioneer

개척자는
외로운 법이지
아무도 가지 않은
길을 닦는 것은
힘든 일이지
혼자
모든 상황을
판단하여
선택해
나아가야 하지
서로 의지하며
함께 전진할
동료도 없지
사람들은
왜 저런 길로
가는지
의아하게
쳐다보지

개척자는
외로운 법이지
아무도
이해하지
못하지만
자신이 정한 길을
헤쳐 나가는 것
뿐이지
앞에도
뒤에도
아무도 없지만
이 길을 걸어야
자신이 정한 곳에
도달할 수 있다고
믿는 것이지
개척자는
외로운 법이지

3. 나의 가치

My worth

나의 가치는
내가 정하는 것이
아니다
대중은
내가 얼마나
노력했는지
신경 쓰지 않는다
가사를 쓰기 위해
달빛과 함께
머리를 쥐어짜고
음악을 만들기 위해
햇빛과 함께
손뼉을 마주쳐도
아무도
신경 쓰지 않는다
나의 가치는
내가 정하는 것이
아니다

내가 노력한 만큼
나의 가치가
올라가는 것이
아니다
나의 가치는
나의 결과물이
정한다
나의 결과물이
대중의 관심을 끌 때
나의 가치는
올라간다
내가 생각하는
나의 가치가
내 생각보다 낮아
억울할지라도
나의 결과물이
그 정도의 가치 밖에
되지 않는 것이다
결과물이 모든 것을
정한다
결과물이 좋아야
나의 노력도
서사가 된다

결과물이 좋지 못한데
투입한 재료가 많다면
실력이 좋지 못한 것이다
나의 가치가
낮더라도
실망해서는
안 된다
결국
결과물이
좋지 못한 것이기에
나는
더 발전해야
한다는 뜻이다
나의 결과물이
빛을 볼 수 있게
나는
더 정진해야 한다

4. 대체 불가

Irreplaceable

대체 불가한
사람이 되자
공부를 많이 하고
시험에 통과하고
과정을 이수하여
명망 높은 직업을
가졌더라도
매년 새로운
경쟁자가
나타난다
되기 힘든 직업을
가졌더라도
자신을 대체할
사람은
얼마든지
나타난다
자신의 특기가 없다면
직업도 소용없다

대체 불가한

사람이 되자

사람들의 주목을

받지 못하더라도

자신의 특기를

살리자

무엇이든

대체 불가한

재능이 있다면

나를 필요로 하는

사람이

생길 것이다

세상에서

나만이 유일한

나를 위한

내가 되자

이 세상에서

단 한 명뿐인

사람이 되자

대체 불가한

사람이 되자

5. 돈으로 산 행복

Happiness bought with money

돈으로 산 행복은
오래가지 못한다
정말 원하고
바랐던 물건을
구매했을 때의
행복감은
어느 무엇과도
비교할 수 없는
짜릿한
행복을 준다
바라만 봐도
행복하고
만지고 있으면
웃음이 나온다
그러나
이 행복은
오래가지 못한다
하루만 지나도

감흥이 없다
그저 평범한
물건이
되어 버린다
다시 더 비싼
물건이
눈에 들어온다
남이 가지고 있는
모습을 보며
부러움과 질투를
느낀다
더 많은
더 좋은
더 비싼
물건을 원하게 된다
그렇게 서서히
자신을 좀먹게 한다
돈으로 산 행복은
오래가지 않는다
돈으로 산 행복은
순간의
쾌락일 뿐이다

6. 무엇을 위해서

For what

무엇을 위해서
살아가는가
무엇을 위해서
무엇을 위해서
무엇을 위해서
무엇을 위해서
이렇게
아등바등
살아가는가
행복을 위해서인가
안정을 위해서인가
재물을 위해서인가
권력을 위해서인가
무엇을 위해서
살아가는가
이 모습이
내가 원하던
모습인가

이 모습은
내가 원하던
모습인가
이 모습을
위해서인가
무엇을 위해서
무엇을 위해서
무엇을 위해서
무엇을 위해서
살아가는가
이 모습이
내가 바라던
성공인가
이 모습이
내가 바라던
자신인가
이 모습이
나인가
무엇을 위해서
무엇을 위해서
무엇을 위해서
무엇을 위해서
살아가는가

7. 밖으로 나가

Go outside

인생을 바꾸고 싶다면
밖으로 나가
밖에 나가 봐야
무엇이 바뀌냐고
시간만
버리는 거 아니냐고
너무 귀찮다고
밖이 무섭다고
안에만 있으면
무엇을 바꿀 수 있지
밖으로 나가야
무엇이든 바뀌어
문밖을 나가는 순간
예상할 수 없는
상황들이 벌어지지
그렇지만
이 두려움이
무서워

밖으로 나가지
않는다면
아무것도
바뀌지
않을 뿐이야
밖으로 나가서
세상을 만나봐
숨 가쁘게 돌아가는
밖을 만나 봐
바쁘게 움직이는
수많은 사람
정지선에 멈춰 선
수많은 자동차
상점에서 흘러나오는
수많은 음악 소리
눈부시게 빛나는
화려한 태양
스쳐 지나가는
산뜻한 바람
무엇이 두려워
무엇이 귀찮아
밖에 나가서
손해 보는 것이

어디 있어
밖에서 얻는 것은
이득뿐이야
무엇이 두려워
안에만 있어
정답은
밖에 있어
밖에는
정답이 있어

8. 분노란 원동력

Anger is the driving force

분노는 원동력이 된다
타인과 자신을
비교하는 것이
좋은 행동은
아니지만
그 비교에서 오는
열등감은
앞으로 나아가기 위한
기폭제가 된다
자신이 남보다
못한 것을
발견했을 때
자신의 단점을
보완할 수 있는
기회가 된다
자신이 남보다
못한 것이 없지만
자신이 하위일 때

상위로 향할 수 있는
발판이 된다
분노에서 느껴지는
투지가 있다
다른 감정에는
느낄 수 없는
살기가 있다
분노에서 오는
추진력을 막을
제동장치는 없다
분노는
훌륭한
원동력이 된다

9. 입에서 입으로

Mouth to mouth 

나의 노래가
입에서 입으로
전해졌으면
좋겠다
나의 노래가
작자 미상의
구전 가요가
되면 좋겠다
세대와 세대를 넘어
시대와 시대를 넘어
세기와 세기를 넘어
입에서 입으로
전해졌으면
좋겠다
어느 시대의
어느 누구가
흥얼거려도
가슴 깊숙이

울림을 받고
위로받았으면
좋겠다
나의 노래가
사람들의
가슴 깊숙한 곳에
머물렀으면
좋겠다
찾아 듣는 것이 아닌
문득 생각이 나
흥얼거렸으면
좋겠다
나의 노래가
입에서 입으로
전해졌으면
좋겠다

10. 잊히는 중

Being forgotten

사람은 누구나
잊힌다
세상을 떠들썩하게
만들었던
유명인도
10년이 지나면
잊힌다
그 시절의
사람에게는
그런 사람이 있었지
생각은 나겠지만
새로운 시대의
사람에게는
이름도 모르고
얼굴조차 본 적 없는
별 볼 일 없는
사람이 된다
그러므로

자만해서는 안 된다
오만해서는 안 된다
항상 겸손해야 한다
오늘도 누군가에게
잊히는 중이다
과거의 영광에
취해 살면 안 된다
매일 기억 속에서
사라지는 중이다
항상 아무것도 없던
초심으로 살아야 한다
자만해서는 안 된다
오만해서는 안 된다
항상 겸손해야 한다
오늘도 누군가에게
잊히는 중이다

11. 축하받지 못하는 삶

An uncelebrated life 

혼자
촛불을 분다
하얀 케이크 위에
꽂혀 있는
처량한
하나의 촛불을
분다
마치
나와 같다
어두컴컴하다
적막하다
아무도
나를
축하해
주지 않는다
사람에게
둘러싸여
시끄러운

환호를
듣고 싶다
좋은 일을
기념하고 싶었다
인생에서
큰일을 해냈다
생각했는데
나만의
생각이었다
아무도
관심을
주지 않는다
축하받고 싶었다
대단하다고
훌륭하다고
자랑스럽다고
폭죽을
터트려 줄 줄
알았다
현실은
아무도
축하해
주지 않는다

세상에
나 혼자인 듯하다
축하를
받고 싶다
축하가
받고 싶다
나의 노력을
인정받고 싶다
나의 성과를
인정받고 싶다
현실은
아무도 없는
캄캄한 방
안이다
나와
무거운 공기
불꽃이 꺼진
촛불이
전부다
이게
현실이다

12. 후속편

Sequel

나는 아직
죽을 수 없어
후속편을 봐야 해
전편의 감동을
잊지 못했어
후속편을 못 보고
죽는다면
너무 억울하잖아
남몰래 훔쳤던
감동의 눈물이
아직 마르지 않았어
아직 내 귓가에
생생하게
들리는 음성
아직 내 가슴을
진동시킨
웅장한 노래
아직 내 눈앞을

화려하게
수놓은 영상
전편의 기억이
생생해
후속편을
보지 못하고
죽는 것은
너무
억울하잖아
아직 죽을 수 없어
나만 모르게
다른 사람만
후속편의 감동을
느끼는 것은
억울하잖아
후속편을
못 보고 죽는 것은
너무 억울하잖아

에필로그 :

나와의 대화

정독해 주셔서 감사합니다. 작품이 마음에 드셨는지 모르겠습니다. 집필할 때 아무도 듣지 않는다 생각하며 작품을 씁니다. 누군가 듣는다 생각하면 타인의 시선을 신경 쓰게 되어 다양한 주제가 나오지 못한다 생각합니다. 그래서 남에게 말하지 못한 주제나 사회에서 민감하게 받아들이는 주제를 쓸 수 있었던 이유도 나의 작품을 아무도 모른다 생각하며 작품을 써 주제에 구애받지 않고 쓸 수 있었습니다. 그리고 저는 누군가에게 조언하거나 훈계하거나 가르침을 줄 인물이 되지 못합니다. 세상을 오래 살지 않은 평범한 20대 청년에 불과하고 교육을 많이 받아 전문지식이 있는 것도 아닙니다. 다만 저는 저와 대화하는 것을 시로 쓰는 것뿐입니다. 저의 모든 작품은 저에게 하는 말입니다. 내가 나를 보며 충고하고 질책하며 다짐하는 것을 시로 쓰는 것뿐입니다. 나에게 하는 말이지만 누군가 한 명, 딱 한 명이라도 위로받았다면 그것으로 저의 시는 할 일을 다했다고 생각합니다. 누군가 자신과 같은 상황에 놓였거나 놓여 있었다는 것을 아는 것만 하더라도 많은 위로를 받을 수 있습니다. 저의 시는 그 누군가에게 공감을 줬으면 합니다. 대다수 사람이 이해하지 못하고 무시당하는 작품이라도 단 한 명만 공감할 수 있다면 작품으로써 가치는 충분하다고 생각합니다.

세 번째 가곡집이 예상보다 일찍 세상의 빛을 보게 되었습니다. 쉴 틈 없이 집필하다 보니 가곡집으로 엮을 만큼의 가곡이 발매되어 있었습니다. 이 가곡집은 이윤을 바라고 만들지 않습니다. 사실 저의 가곡집 I권과 II권, 이 책인 III권까지 도서 가격을 원가 이하로 책정하여 판매되고 있습니다. 팔면 팔수록 손해인 장사지만 제가 가곡집을 만드는 이유는 저를 사랑해 주시는 분들을 위해서입니다. 저의 가곡집들은 '굿즈'라 생각하시면 됩니다. 제가 응원용 봉이 있을 만큼, 포토 카드를 모을 만큼, 팬 사인회를 열 만큼 인기 있는 사람은 아니지만, 저를 좋아해 주시는 한 명을 위해서라도 저와 관련된 상품을 소장할 수 있게 도서를 만들었습니다.

언제가 될지 모르겠지만, 다시 돌아오겠습니다. 그때까지 모두 건강하시길 바랍니다.

축하받지 못하는 삶

심상율 가곡집 Ⅲ

초판 1쇄 발행 2023. 7. 17 .

지은이 심상율
펴낸이 김병호
펴낸곳 주식회사 바른북스

편집진행 황금주
디자인 최유리

등록 2019년 4월 3일 제2019-000040호
주소 서울시 성동구 연무장5길 9-16, 301호 (성수동2가, 블루스톤타워)
대표전화 070-7857-9719 | **경영지원** 02-3409-9719 | **팩스** 070-7610-9820

•바른북스는 여러분의 다양한 아이디어와 원고 투고를 설레는 마음으로 기다리고 있습니다.

이메일 barunbooks21@naver.com | **원고투고** barunbooks21@naver.com
홈페이지 www.barunbooks.com | **공식 블로그** blog.naver.com/barunbooks7
공식 포스트 post.naver.com/barunbooks7 | **페이스북** facebook.com/barunbooks7

ISBN 979-11-93127-60-5 03810